구더기
점프하다

글 속에서 어린 아버지를 만나다

어느 순간 아빠는 나보다도 한참 어린 소년이 되었다가 빨간 색연필을 들고 은퇴를 걱정하는 나이 든 교수가 되기도 한다.

나에게 아빠는 항상 다방커피를 즐겨 마시며 한 번도 우는 모습을 보이지 않은 강한 어른인데, 글 속의 아빠는 서당에 다니며 때까치 때문에 눈물을 흘리는 어린 아이의 모습을 하고 있다. 약하고 여리기만 한 아빠의 모습을 만날 수 있었던 것은 이 책을 작업하면서 얻은 가장 큰 행운이다.

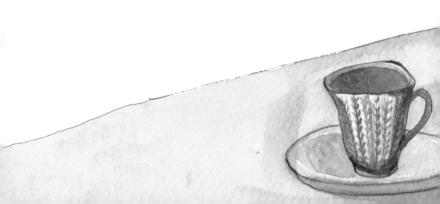

어린 시절에는, 청주에서 직장을 다니시는 아빠가 주말에 가끔 나타나는 낯선 사람으로 느껴졌었다. 제일 가까운 피붙이인데도 아빠가 '뿅~'하고 등장할 때마다 아무리 다정하게 대해줘도 쑥스러워 낯가림을 했었다. 어린 나의 일상에서 아빠는 가족이라기보단 자주 보는 손님이었다. 그렇게 사춘기를 보내고, 또 공부를 이유로 멀리 떨

어져 지낸 시간들이 흐르고 나니 어느새 직장에서 정년을 마치신 아빠의 손등에는 거친 주름이 가득하였다.

비교적 허물없는 부녀지간이긴 했으나 『구더기 점프하다』를 작업하면서 만큼 자주 그리고 오래 대화를 한 적이 없다. 때론 서로의 작품세계에 신랄하게 비판하고, 조언도 하면서 구더기처럼 느릿느릿이 책을 완성해 왔다. 가족이기에 오히려 무심하게 여겼던 아빠의 인생에 대해 알 수 있었던 기회에 깊이 감사한다. 내 어린 시절의 아빠는 아직 부재중이지만 앞으로 이 책을 통해 아빠의 따뜻한 숨결을 영원히 느낄 수 있을 것이다.

여성포털 사이트 마이클럽에 그림과 글을 연재하면서부터 독자들과의 소통이 작가에게 얼마나 큰 힘이 되는지 깨달았다. 그림과 글자의 데이터가 독자들의 감동과 공감으로 변해 나에게 돌아올 때, 처음으로 내가 가진 이 보잘것없는 재능들에 감사했다. 그림을 그린다는 것, 그리고 글을 쓴다는 것, 이 두 가지 행위에 배여 있는 처절한 외로움이 독자들의 반응과 격려에 상쇄되어 나갔다. 깨알같이 소소한 일상의 이야기들에 같이 웃고 울어주신 분들이 있었기에 세상의 작은 행복과 희망들을 발견해 나갈 수 있었다. 사랑이란 단어는 어디에도 없지만 결국은 모든 것이 사랑임을 오히려 그들이 나에게 알려주었다. 단단한 호박 속의 구더기처럼 자기만의 예술 세계에 갇혀 있던 내가 힘껏 점프할 수 있게 해준 모든 분들에게 진심으로 감사의 인사를 전한다.

소정구더기, 점프하다!

차이를 인정할 때 하나가 된다

　나와 내 딸 소정이는 공통점이 많다. 우여곡절, 파란만장을 겪어 온 인생역정이 비슷하고, 세상이 내 뜻대로 돌아가지 않는다고 화내는 것도 비슷하고, 어떤 일을 보고는 차갑고 냉정한 머리로 바라보기보다는 가슴으로 아파하는 점이 그렇고, 증권보다는 예술을 사랑하는 점이 그렇고, 띠동갑이라는 점이 그렇고, 심지어는 똑같이 초등학교 5학년 때 엉엉 울었던 경험까지도 비슷하다.

초등학교 5학년인 소년의 눈에는 초근목피를 해야 하는 우리 집 초가지붕의 초라함에 비해 윗집 기와지붕은 무지개처럼 아름다워 보였다. 환경미화한다고 그림을 한 점씩 그려오라는 숙제를 선생님으로부터 받고, 몇날며칠 고민 끝에 기와지붕을 무지개 색으로 칠해서 냈다. 하지만 교실 뒷면에는 내 그림만 빠지고 친구들의 그림은 모두 걸려 있었다. 그날 나는 십 리 길을 혼자 걷다가 마을 앞 얕은 언덕 위의 살구나무 밑에서 엉엉 울었다.

귀가 따가울 정도로 매미 소리가 요란하던 어느 날이었다. 아마 하루 해가 지리하게 길고 긴 여름날이었을 것이다. 초등학교 5학년인 딸아이가 호접란 화분을 그려서 내게 자랑스럽게 보여주었다. 내 눈에는 호접란 이파리의 모양이나 색깔이 사실과는 거리가 멀어 보였다. 그래서 특별한 의미도 없이 '호접란 화분이 왜 이래?' 하고는 무심하게 넘겨 버렸다. 그런데 내 말이 끝나자마자 딸아이는 굵은 눈물을 떨어뜨리며 엉엉 울었다.

딸아이의 그림 사건 이후 나는 청주로 와서 문학을 가르치는 교수로 지내오다가 은퇴를 가까이 두고는 '내가 죽으면 내 육신과 함께 사라져버릴 사소한 이야기들'을 쓰고 있었고, 딸아이는 강을 건너고 바다를 건너서 미술을 공부하고 돌아와 마이클럽에 그림과 글을 연재하며 실시간으로 독자들과 소통하고 있었다. 어느 날 딸아이의 그림과 글을 보니 공감 가는 바 있어 딸아이에게 나와 함께 공동으로 책을 내자고 제안하였다.

책의 제목을 짓고 차례를 정하고 포맷을 꾸미는 등 출간 작업을 함께 하면서부터 우리 부녀 사이에는 엄청난 차이가 있음을 발견하였다. 세계관, 인생관, 예술관, 그리고 정서적 공감대가 달랐다. 가장 큰 차이는 감각의 차이였다. 이 차이는 서로 상대의 예술 세계에 대하여 집요하게 간섭하는 요인으로 작용하였다. 나는 딸아이의 그림에 대해 이미지와 색깔과 디테일한 표정을 끊임없이 지적하였고, 딸아이는 내 글의 고답성과 현학적인 문체와 안일한 수사를 가차 없이 빼고 고치고 긁어버렸다. 딸의 그림은 아버지의 감각이라는 필터를 통과해야 하였으며, 아버지의 글은 딸의 감각이라는 필터를 통과해야만 하였다. 그래서 우리는 같이 책을 낸다는 공통적인 목적을 가지고 있었음에도 불구하고 자주 감정을 삭여내야 하는 시간을 필요로 하였다.

참으로 다행스러운 것은 서로의 차이를 인정하고 공감의 영역을 발견할 때쯤에 이르러서야 비로소 나는 내 딸을 다시 발견하였다는 점이다. 딸을 다시 얻었다는 표현이 더 정확할 듯하다. 아버지와 공통점만 보이던 딸을 인정하는 것과 아버지와의 차이점도 보이는 딸을 인정하는 것과는 천양지차의 차이가 있었다. 그것은 새로운 경이감이었고 신비에 찬 기쁨이었다. 그래서 아버지와 딸이 서로를 새롭게 발견하고 공동으로 펴낸 『구더기 점프하다』를 독자 여러분에게 감히 권해 보는 것이다. "자기 아이와 무엇이든 함께 하면서 차이를 발견해 보라고. 그 차이를 인정할 때 하나가 된다고…"

　나의 아내는 원고를 꼼꼼히 읽고 독자의 입장에서 조언을 아끼지 않았다. 그런 도움이 있었기에 나의 사적 체험을 보편적 정서로 승화시킬 수 있었다. 이 자리를 빌어 아내에게 감사를 드린다. 그리고 이 책이 빛을 볼 수 있도록 전폭적인 지원과 따뜻한 마음을 아끼지 않으신 작가와비평 양정섭 대표님과 관계자 여러분께 고개 숙여 감사를 드린다.

희돈구더기도 점프하다!

_차 례

1부

마 음

소정구더기

희돈구더기

12 / 0
   ——
    12

외롭고
빛바랜
플라스틱 빗과 컵

가족.. 아빠의 일회용,사실은 수십회용 ... 면도기
30년은 된 싸구려 녹색 플라스틱 빗.
그리고
솔이 부스스해져도
쉽게 버리지 못하는 칫솔들 ...

여느 때처럼 이빨을 닦는데 30년도 더 된 낡은 플라스틱 빗이
눈에 들어왔다.
너무나 오래되어서 언제 처음 보았는지 기억도 안 나는
싸구려 플라스틱 빗…

어째서 그 누구도 저 빗을 버리지 못하는 걸까?

버리고 싶지 않은 물건인지 아니면
버릴 생각조차 못 하게 된 건지 모르겠는 그 오래된 물건에
잠시 시선이 머물다 그 빗을 담고 있는 컵으로 옮겨 갔다.
너무나 당연하게 항상 그곳에 있는 꽃무늬 컵…
아마 어느 유명한 백화점에서 사은품으로 받은 듯한 그 컵 안에
우리 가족의 시간이 들어 있었다.
전기 면도기에 좀처럼 익숙해지지 못하는 아빠의 1회용 면도기…
그 1회용 면도기를 볼 때마다 왠지 모를 안쓰러움이 더해진다.
그리고 부스스해져도 쉽게 버리지 못하는 칫솔들…

내가 저렇게 부스스해져도

우리 가족은 나를 쉽게 버리지 못하겠지…

끝이 다 해진 솔처럼 늙어가도 저 칫솔들처럼

우린 저렇게 서로 기대어가며 있겠지…

그냥 이런 게 가족이구나

내가 집에 돌아왔구나

느끼게 해주는 아주 작은 일상에 보글보글 치약 거품이 미소 짓는다.

앞으로도 저 낡은 빗을, 저 낡은 칫솔들을 버리지 못할 것 같다.

아니

버리면 안 될 것 같다.

소크라테스 👑
컵 속의 빗과 칫솔과 면도기처럼 한 가족이 기대어 살면서도, 같은 극의 자석처럼 서로 밀어내며 살아온 날들이 후회스럽습니다. 브리 님의 따뜻한 그림과 글을 보고 다른 극의 자석처럼 서로를 당기는 가족으로 살아야겠다는 마음을 갖게 되었네요.

쫑아♥
91세의 할머니가 세월의 무게를 견디지 못해 자신의 칫솔을 구분하지 못하고... 가족들의 칫솔을 번갈아가며 모두 사용한다는 걸 알게 되었을 때 굉장히 가슴 아팠던 기억이 납니다. 일상 속에서 매일 보는 물건에 가족의 역사가 담겨 있다는 말이 참 아름답게 다가오네요. 이렇게 작은 것에서 느끼는 가족의 소중함은 너무나도 따뜻합니다.

브리
소크라테스 님〉 자석의 극에 가족을 비유하신 표현이 참으로 와 닿습니다. 가족과 같은 극이 되어 밀어낼 것이 아니라 서로 끌어당기며 살아야겠지요!?!^^
쫑아♥ 님〉 할머니에 대한 기억이 짠하네요. 그 기억을 공유해 주시고 또 좋은 감상 남겨 주셔서 감사합니다.

sun2500gsa
외롭고 빛바랜 플라스틱 빗 하나. 아직도 제 가슴 안에서 그리움을 빗질하게 만드는 플라스틱 빗 하나가 있습니다. 몇 년 전에 돌아가신 어머니가 부스스해진 머리를 단정하게 빗었던 노란 플라스틱 빗. 낡아서 더 소중한, 흘러가서 소중한 시간들을 가슴으로 힘껏 안아봅니다. 어느새 그림 속의 플라스틱 컵 안에 빗이 되고 칫솔이 되어 있는 저를 봅니다. 고맙습니다. 어머니를 마음껏 그리워할 수 있게 해주셔서...

희희정희
가족... 매 순간 순간 애증이 동전의 앞면과 뒷면처럼 존재하고 있는 것 같아요. 그래도 가만히 생각해보면 가족만큼 힘이 되고, 가족만큼 내편이고, 가족만큼 위안이 되는 존재가 또 어디 있을까요... 브리님 글과 그림에 괜시리 마음이 저미는 아침입니다.

브리
sun2500gsa 님〉 '그리움을 빗질하게 만드는 플라스틱 빗'이란 표현이 너무나 멋지네요. 시를 한편 읽는 듯한 기분이 듭니다.
희희정희 님〉 말씀처럼 가족은...love&hate의 반복이죠. 아침부터 소중한 댓글 감사드립니다. 좋은 하루 되세요.

모정

'안락사' 약으로 공급된 석시닐콜린은

엄밀히 말하면 살처분 약품으로 근육이완제다.

과다투여하면 호흡근 마비와 심장정지 등의 부작용이 나타나

숨을 거두게 된다.

사실 마취제를 함께 쓰지 않으면

그 끔찍한 고통을 고스란히 느낄 수밖에 없다.

결국 안락사라고는 하지만 죽음에 이르는 과정은

안락하지 않은 셈이다.

소마다 반응하는 시간은 약간씩 다르지만

주사를 맞은 후 대개 10초에서 1분 사이에 죽음을 맞이한다고 한다.

어느 산골에서였다.

방역요원들이 안락사를 위해 어미소에게 주사를 놓자마자

아무것도 모르는 송아지가 젖을 달라고 보채기 시작했다.

갓 태어난 송아지 역시 살처분 대상이었다.

그러나 순간 기적이 일어났다.

어미소가 태연히 송아지에게 젖을 물린 것이다.

주사를 맞은 어미소는 서서히 다리를 떨기 시작했지만,

새끼에게 젖을 먹이며 쓰러지지 않고 버텨냈다.

어미소는 그렇게 몇 분이나 젖을 물렸고,

새끼가 젖을 떼자마자 그 자리에서 숨을 거뒀다.

결국엔 영문도 모른 채, 어미소 곁을 맴돌던 어린 송아지마저

살처분되어 나란히 묻혔다.

죽음의 순간까지 필사적으로 젖을 물린 어미소의 모정(母情)에, 현장

에서 지켜보던 방역 요원들의 눈시울이 모두 붉어졌다고 한다.

산골에서 있었던 일이 돌고 돌아 내 귀에까지 들어왔다.

이 소식을 듣고 나도 울었다.

by Brie

한겨자 👑

어쩌면 그 어미소는 자기 아이가 곧 자기 뒤를 따르리라는 것을 알고 있었을지도 모르겠다는 생각이 드는군요. 송아지 역시 석시닐콜린을 맞아야 했을 텐데 직전에 배를 채워준 어미의 사랑이 고통을 덜어주었기를 바랍니다. 구제역… 결국은 인재에 가까운 재앙입니다. 이런 사연에 마음 아파하는 것조차 이젠 미안해질 지경이네요…브리 님… 아픈 그림 잘 보고 갑니다…

브리

한겨자 님〉어미소가 송아지의 살처분을 본능적으로 알고 있었을 수도 있겠네요ㅜ.ㅜ
그런 상상은 안 해봤었는데...음...저들에게 미안하단 말밖에 할 수 없어서 미안합니다.

흰돌차돌

이 기사를 제 블로그에 옮겨놓으면서 얼마나 많이 울었나 모릅니다.
그런데 브리 님 그림 보고 지금 또 울고 있어요.

사랑은 있어

어릴 때 조부모 님 댁에서 키웠던 소와 송아지가 생각나네요. 왕방울만한 눈을 바라보면 금방이라도 눈물이 쏟아질 것 같았어요. 죽어라고 일만 하다 어느 한 점 남김 없이 인간에게 내어주는 동물이죠...인간의 이기심으로 죽어간 많은 동물들과 구제역으로 살처분된 수많은 동물들이 고통 없는 곳에서 편히 쉬었으면 좋겠어요.

브리

흰돌차돌 님〉흰돌차돌 님 블로그에서 기사를 또 읽게 되었을 때 그림으로 그려야겠다고 생각했어요. 아마 우연이 아니었나봐요~~같이 아파해주시는 분들이 계셔서 아직 희망이 있지 않나 싶어요.
사랑은 있어 님〉막 나가려는데 사랑은 있어 님 발견! 저도 그런 생각 한 적 있어요. 살아 있어도 결국 인간에게 희생당해야 한다는...언제나 죄 없는 영혼들이 당하는 세상인 것 같아요......인간에게 모피를 제공하느라 산 채로 가죽이 벗겨져 죽어간 너구리, 초기에 대처를 잘못해 구제역으로 살처분된 어미소와 송아지 그리고 인간에게 희생되고 있는 수많은 동물들... 정말 모르는 게 약인 불편하고 무서운 진실입니다.

상상으로

불쌍하고 불쌍한 가축들.. 어미소가 자신의 아이를 바라보는 무언의 눈망울이 눈앞에 그려지는 것 같아요. 자꾸만 목이 메이네요. 모정이라는 힘은 정말 대단하지요. 그것이 어떠한 시간과 어떠한 공간, 그 어떤 생명이어도…… 탈무드에 나오는 한 구절이 떠오릅니다. 신은 모든 가정에 있을 수 없기에, 대신 어머니를 각 가정에 보냈다는 말… 정말 많은 생각을 하게 하는 그림입니다…. 브리 님! 지금 사회에 일어나고 있는 일들에 대해 경각심을 갖게 해 주시고 한 번 더 반성하는 계기를 만들어줘서 정말정말 고마워요^^

커피소년

구제역에 걸려 급사하는 가축의 죽음은 곧 부메랑이 되어 인간에게 돌아올 것입니다.

브리

상상으로 님〉 탈무드 이야기… 오래도록 기억에 남을 말씀을 해 주셨네요.
커피소년 님〉 인간은 어느 시대나 같은 실수를 반복하는 것 같아요. 결국 인간이 죄 값을 받는 순간에야 인간이 만물의 영장이 아니라 그저 지구상에서 조화를 이루고 살아가야 하는 하나의 생명체였음을 깨닫겠죠. 답답한 일입니다.

봄소리

새들이 음표처럼
나뭇가지에 내려 앉았다.
새들의 봄봄 칸타빌레... by Brie

봄이 오는 소리가 들린다.

하루도 빠짐없이 추웠던 겨울, 꽁꽁 얼었던 땅이 녹아갈 무렵

근처 공원에 산책을 나갔다.

야트막한 둔덕은 공원에서 내가 제일 좋아하는 곳이다.

소나무 몇 그루가 청량한 그늘을 드리운 흙 속에서,

생을 마감한 솔잎들은

더 짙은 향을 내뿜는다. 소나무 앞에 막 당도했을 때였다.

어디서 삐삐삐-- 시끄러운 소리가 들렸다.

새 수십 마리가 횅한 나뭇가지마다

자리를 차지하고 목청을 돋우고 있었다.

지저귀다 못해 소리를 지르는 녀석들이 참 신기했다.

새들은 매서운 겨울을 힘겹게 이겨내고

서로 안부를 묻는 것처럼 수다를 떨고 있었다.

쉴 새 없이 조잘대는 부리를 보니 왠지 모를 흐뭇함에

미소까지 지어졌다.

마치 새들이 봄이 온다고 큰 소리로 알려주는 것 같았기 때문이다.

그리고 며칠 뒤였다.

우연히 집어든 책에 새의 영역 행동에 대한 설명이 실려 있었다.
다른 새가 자신의 영역을 침범하지 못하도록
삐삐삐-- 소리를 낸다는 것이다.

반가움의 인사라고 생각했던 소리가 사실은 경고음이었다니…

내가 너무 낭만적으로 해석했구나! 하는 생각이 든다.
마음껏 앉을 나뭇가지가 얼마나 부족하길래
그리 서로에게 소리를 내었을까 싶어 안타깝기도 하다.

하지만 새들이
열심히 나뭇가지쟁탈전을 한 것도 봄이 오고 있기 때문일 것이다.
새들은 나에게 봄이 오는 소리를 선물해주었다.
오늘도 삐삐삐~~ 나뭇가지 사이로 봄소리가 들려 온다.

삐삐삐~~ 봄이 왔다고 삐삐삐~~ 햇살이 따스하다고…

한겨자 👑

어젯밤 티브이에서 새들이 사냥하는 모습을 보여줬었는데, 음표처럼 찍어두신 새들을 보니 또 느낌이 다르네요. 사람의 분석과 대상의 실제가 갖는 차이가 많은 인재들을 만들어내죠. 윽.. 삼천포로 가고 있네요! 죄송!

어쨌든 그림으로 이런 느낌, 이런 기분 전달할 수 있다는 것..참 축복받은 재능입니다. 보기만 해도 흥분되고 설렙니다. 싱그러워요, 봄!! 조금 더 지나면 새싹들 소식도 브리 님 연재에서 볼 수 있겠죠? 기대하고 있겠습니다..^^

브리

한겨자 님)

오오, 그럼 저는 인재인가요?ㅋㅋㅋ 성실하게 댓글 달아주셔서 감사해요. 연재마다 관심을 가져주신다는 게 쉽지 않은 일인데 성의도 감사하고 내용도 감사하고요.^^

우리가 모르는 사이에 새싹들은 땅속에서 온힘을 다해 올라오고 있겠죠?

사랑은 있어

새소리가 경고음이었군요. 전 목소리 자랑하는 줄 알았어요.

새 그림을 보니 파랑새가 생각이 나네요.

행복은 멀리 있는 게 아니라 가까운 곳에 있다는 걸 일깨워 준 책이었는데...

마클에 오면 브리 님의 글과 그림에 눈과 마음이 행복해져요.

브리

파랑새가 연상되신다니 엄청 기뻐요. 파랑새를 쓴 사람은 정말 천재인 듯! 한 번 들으면 절대 잊혀지지 않는 이야기잖아요. 저도 언젠간 그런 이야기를 써 보고 싶네요.^^

꼬탄송이

봄은 사랑하기에 참 좋은 계절이라고 하죠. 혹시 브리 님은 사랑을 하고 있나요? 히히^^ 추운 겨울에 꽁꽁 묶어두었던 가슴을 녹이고, 웅크리기만 했던 어깨! 활~~짝! 펴고 우리 모두 사랑해요.^_^ 이제 3월! 봄! 봄은 딸기도 먹을 수 있고 꽃이란 꽃이 다 펴서 애인과 데이트하기 딱! 좋은 계절이니까요.

브리

꼬탄송이 님〉

하하하

갑자기 딸기가 먹고 싶어졌습니다.

딸기는 향도 좋고 베어물었을 때 과즙색깔이 진짜 예쁜 것 같아요.

꼬탄송이 님 요즘 데이트하시나봐용.

벚꽃놀이 추천합니다~ㅋㅋ

아자아자 파이팅

봄이 오긴 왔습니다. 칼칼한 목과 함께 불안한 마음 브리 님 그림으로 달래봅니다. 3월의 봄은 서늘하고 도도한 아가씨 같아요. 쉬이 따뜻함을 내놓지 않아요. 그래도 올해는 좀 낫습니다. 작년 3월은 참 서늘하고 추웠어요.

브리

추위에 얼어버린 흐릿한 겨울 날, 봄처럼 기다려지는 게 있을까요? 저는 항상 봄이 그립습니다. 정말 봄은 도도한가 봐요. 쉬이 오질 않으니....^^

16살
우리 강아지 샘

낡은 이불을 잘라 방석으로 만들어 주었다
애꾸눈 샘 ... T.T , 넌 새끼

긴 휴가를 마치고 집에 돌아오니 야차 같은 강아지가 나를 반긴다.

한쪽 눈이 꿈벅꿈벅… 눈을 뜨지 못한다.

강아지 눈에 난 상처가 바로 내 심장에 박혀 따끔거린다.

그 길로 눈꺼풀을 끌어당겨 각막에 난 상처를 덮는 수술을 해주었다.

샘은 젖비듬이 채 가시기도 전에 우리 집에 왔다.

검은 온몸에 하얀 눈송이 같은 비듬을 달고 있던

손바닥만한 강아지가

이제 16년의 세월을 지나

간이 안 좋아 저 세상을 예약한 늙디 늙은 할머니가 되었다.

작년에 배를 가르고 종양을 떼어내는 큰 수술을 하고도

기운을 차렸었는데

내가 집을 비운 사이 저리 약해진 모습을 보니

미안한 마음에 괜시리 엄마에게 화를 내었다.

얼굴에 털이 다 빠지고

이빨이 다 썩어도

실밥을 꿰매어 애꾸눈인 지금도

내 눈엔 여전히 사랑스럽고 귀여운

우리 강아지 샘…

언니는 아직 너를 보낼 준비가 안 되었구나…

네가 무지개다리를 건넌다는 생각만으로도

이렇게 시야가 흐려지는데

이번 겨울만이라도 견뎌내 주렴…

네가 우리 집에 처음 왔을 때

네 몸에 덮여 있던 하얀 눈송이처럼 새하얀 눈을

같이 보자꾸나.

잠든 샘의 귓가에 조용히 속삭여 본다.

상상으로 👑

같이 가슴 아픔을 나눌 수 있다는 존재들이 있다는 것만으로도, 그리고 샘을 걱정해주는 브리 님의 마음과 그 마음에 같이 공감하며 힘내라는 많은 사람들의 응원을 샘이 꼭 느끼겠지요. 샘은 브리님의 귓가에 속삭인 그 말을 자는 척하며 들었을지 몰라요. 샘과 가족 모두… 만났던 첫날을 생각하며 힘!힘!

달맞이꽃

무지개빛 다리를 만들어 인간과 인간, 인간과 자연의 거리를 연결하는 브리님의 예술적 작업이 곱기만 합니다. 모든 것들을 꽃으로 불러주고 채색하는 님과 같은 그 예술적 행위로 인해 세상은 아직도 살 만한 공간이 되며 사랑해야 할 것들로 심장이 활발해지는 곳입니다. 인위적인 것들에 가위눌리는 요즘입니다. 서로살림의 눈물을 자아내는 공간인 듯합니다. 브리 님께서 샘의 잃어버린 눈 역할까지 하셔서 세상을 더 크고 넓게 보면서 숨소리를 지닌 모든 것들과 오래오래 소통하시길 빕니다. 살아 있어서 행복한 날입니다. 언제나 파란시간을 만들어 가시길…

브리

상상으로 님, 달맞이꽃 님) 추석은 잘 보내셨지요? 지나가면서 써 주신 한 말씀 한 말씀이 가슴에 와 닿네요. 따뜻한 관심 감사드립니다.

희희정희

2년 전, 15살 난 저희 강아지도 많은 수술과 약으로 버티다가… 뜨거운 한 여름에 저희를 떠났어요. 아직도 끙끙거리며 앓는 소리가 귀에서 맴돌아 사진을 볼 엄두도 못 내지만… 무엇보다도 절실하게 그리운 것은, 작은 심장이 콩닥콩닥 뛰어 제게 닿던 느낌과 따뜻한 체온입니다. 많이 사랑해 주세요.

전직미녀

몇 년 후에 저의 고양이도 이럴 텐데, 벌써부터 마음이 아프네요. 브리 님의 글과 그림에는 여백의 미가 느껴지는 것 같아 좋아요. 이 내용은 슬프지만ㅜㅜ

브리

희희정희 님) 먼저 이별을 겪으셨다니 마음이 아리네요. 죽음에 대한 준비가 안 되어 있는데 정말 어떻게 감당할지 벌써부터 걱정이 앞서요. .
전직미녀 님) 왠지 현직미녀이실 것 같은데요?!^^소중한 댓글 감사하게 읽었습니다.
샘도 고양이도 모두 화이팅!

밥

한 아주머니가 안달이 나셨다.

운전면허를 따기 위해 등록한 학원에서 집으로 오는

셔틀버스 안에서였다.

아주머니는 편하게 앉지도 못하고 발을 동동 구르고 있었다.

"아니, 시간이 됐으면 빨리 출발하지. 웬 잡담을 저렇게 하고

서 있어?"

느긋하게 동료와 말씀을 나누고 있는 기사 아저씨에게

쏘아붙이는 말이다.

아주머니는 안절부절하면서 계속 중얼거린다.

빨리 가서 저녁 해야 하는데… 저녁 해야 하는데…

집에 가는 길에 쫄면이나 사먹을 생각이던 나는

왠지 그런 아주머니의 모습이 낯설면서도 측은하고

감탄스럽기까지 하였다.

저녁 밥짓기에 매여 여유롭게 일을 볼 수 없는 모습은 어딘가 모르게

안쓰럽고 자신의 귀가가 늦어 혹여 식구들이 밥을 굶을까 염려하는

마음은 너무도 따스했기 때문이다.

살아보니 끼니마다 따뜻한 밥상이란 건 보통 정성이 아니다.

그 밥을 먹을 사람에 대한 사랑이 없으면 도저히 해낼 수 없는

평생 노동인 것이다.

차가 출발하고도 불안해 하던 아주머니가 마침내 딸에게 전화를 건다.

"선영아! 아빠, 밥 먹지 말고 기다리시라고 해!

혹시 찬밥 꺼내 드실까 봐~

엄마, 금방 간다고 해. 금방이면 된다고!"

옆자리에 앉은 나도 어느새 아주머니와 한마음이 되어

누군지도 모르는 그 아저씨가 찬밥을 드시는 대신에

아주머니를 기다리길 진심으로 바라고 있었다.

갓 지은 따끈따끈한 밥상에 둘러 앉아 두런두런 저녁을 함께 할

아주머니의 식구들을 생각하니

오늘 따라 붕붕 달리는 셔틀버스가 느리게만 느껴졌다.

by Brie

귀귀싱 👑

와--드디 눈팅만 하다가 첨으로 글 남겨요^^ 브리 님 그림과 글..모두 너무 좋아요..영광스럽게도 제가 오늘은 일등이네요. ㅋㅎ 브리 님 계속해서 따뜻한 글과 그림 부탁해요.

브리

와~귀귀싱 님~ 안녕하세요^_^ 너무 반가워요. 올리자마자 리플을 달아 주시다니! 오늘 잠 잘 오겠는데요? ㅎㅎㅎ 감사합니다. 요즘 그림이 안 그려지고 그림이 쉽게 그려지면 글이 어려웠는데 덕분에 힘이 생겼네요. 앞으로도 귀귀싱 님의 응원 기다릴게요!@__@

가장낮은곳에서

머리가 아파서 병원을 갔는데, 결과가 좋지 않아서 월요일 서울 아산병원으로 옮기기로 한 엄마와 통화를 금방 끝내고, 브리 님의 외롭고 빛바랜 플라스틱 컵과 빗이라는 제목의 글과 그림이 생각이 나서, 마음도 차분히 가라앉힐 겸, 그리고 오늘을 마무리하고자 이렇게 방문했는데, 엄마와 통화하면서 참고 있었던 마음의 울컥함이 더 큰 요동을 일으키네요. 엄마가 해주신 밥이 그립고, 함께 식사하기 위해 밥상에 앉아 도란도란 얘기 나누던, 아버지가, 동생이 그리고 엄마가 그리운 밤입니다. 브리 님의 좋은 글과 그림은 이렇게 마음이 무거운 날, 힘이 되네요. 고맙습니다.

브리

아! 어머님이 편찮으셔서 정말 마음이 아프시겠어요. 남편 뒷바라지와 자식을 돌보느라 정작 본인은 병을 키우는 어머님들이 참 많은 것 같아요. 가장낮은곳에서님의 어머님도 그러셨을 거라는 생각이 드네요. 힘내시고요! 든든한 가족들이 있으니 꼭 쾌차하실 거에요. 빠른 시일 내에 가족들이 둘러앉아 따뜻한 식사 나누시길 바래요. 위로가 못되어서 죄송하네요. 힘내세요.

각시붓꽃

대부분의 주부들이 가족들 식사 시간에 맞춰 들어가려고 하지요. 그러나 본의 아니게 이렇게 늦어서 허둥댈 때가 있습니다. 그 아주머니의 마음이 백번 이해가 가고 남습니다. 하루종일 추운 곳에서 일하고 집에 들어왔을 때 갓 지은 따뜻한 김이 모락모락 나는 밥을 먹이고 싶은 게 대부분의 엄마, 그리고 아내들의 마음이 아닐까요? 정말 그것도 보통 정성은 아니랍니다.^*^

브리

닉네임이 너무 예쁘세요. 각시붓꽃!!! 그 정성어린 밥을 먹고 사는 사람과 아닌 사람은 어딘가 모르게 차이가 나는 것 같아요. 대한민국 어머니들... 각시붓꽃님까지 포함해서...정말 대단하신 분들입니다.^^

아빠의
다방커피

고물덩어리 주전자 ... 볼품 없는 갈색 컵 ...
아빠의 다방커피는
항상 이 둘과 함께다 by Brie

우리 아버지는 다방커피만 마신다.

다방커피라 함은

다방에서 파는 것처럼 커피, 프림, 설탕이

2:2:2 스푼의 비율로 들어간 일회용 믹스커피를 말한다.

아빠는 매일, 아침에 한 잔, 점심에 한 잔, 저녁에 한 잔…

밖에서 식사할 때도 꼭 후식으로 이 다방커피를 드신다.

아빠의 이 습관을 발견한 후,

한 동안 커피믹스 속에 든 프림과 설탕은 하얀 악마라며

열심히 말려보고

원두커피의 유익함을 설파해도 보았지만 아빠는

커피, 프림, 설탕 3가지가 완벽하게 조화된 삼위일체 커피라며

허허~ 슬쩍 넘기기가 일쑤였다.

아빠의 전용 커피잔은 꽃이 우아하게 그려진 예쁘고

멋있는 컵 대신

밋밋하고 우중충한 작은 컵이다.

영화 인디애나 존스에서 악당들이 선택한 금으로 만든 잔은

가짜 성배이고

나무로 만든 보잘것없는 잔이 진짜 성배였던 것처럼

볼품은 없지만 가장 알맞은 양의 커피가 들어간다.

항상 물을 끓이는 녹슨 주전자에는

불 그을음이 아빠의 오래된 습관처럼 눌어붙어 있다.

이 고물덩어리에 물을 끓여야만 더 맛있는 커피가 타지는 것만 같다.

달콤한 중독이다.

커피잔을 쥔 아빠의 주름진 손이 행복해 보인다.

한겨자 👑

부모님께 커피콩 갈고 우유를 탄 라떼를 자주 만들어 드렸었죠. 부모님은 이 '특제 라떼'를 좋아하십니다. 하지만 제가 집에 없을 때는 여전히 두 분도 예의 다방커피를 즐겨 드신다는 걸 알고 있습니다. 습관이라기보다 달짝찌근한 입맛에 몸이 먼저 반응하는 거 아닌가 싶네요. 실은 지금 막 출근해서 원두커피를 마시면서 읽었습니다. 오늘따라 이 커피는 아주 쓰군요. 아버님의 갈색 잔이 아주 정겹습니다. 기어코 회원가입까지 하게 만드시는 브리님~! 아침부터 상념이 많아집니다...^^

브리

앗! 한겨자 님, 회원가입까지 하시다니 반갑고 감사합니다^^ㅎㅎ
커피 콩 간 특제라떼~~고급스런 스멜이 풍깁니다. 한겨자 님 부모님도 다방커피 매니아신가 봐요 ㅋㅋㅋ 다시 한 번 댓글 감사하고요. 상념은 휘이휘이 날려버리시고 오늘 좋은 하루 보내시길 바랍니다.

사랑은 있어

브리님 같은 분이 계셔서 마클이 따스하지 않나 싶어요. 오랫동안 뵐 수 있는 분이였음 좋겠어요. 한 해가 지나 주름이 더 늘어나셨을 아빠를 보고 싶게 만드는 글이네요. 다음 글이 기대돼요. 내 머릿속에서 뭘 끄집어내주실까 하구요.

브리

제가 이 공간에 정을 붙이게 된 건 사랑은 있어 님을 비롯한 여러 회원님들이 정성껏 써 주시는 리플 덕분이랍니다.

가장 낮은 곳에서

일상의 시선은 어떤 한 존재에 대한 관심으로 확장되고, 그 존재는 결코 고독하거나 우울함이 아닌 행복의 감정으로 충만하지 않을까 싶네요. 그런 존재가 되어주고 싶다. 그런 존재가 되고 싶다. 그냥 그런 생각이 드네요.

브리

추운 날씨에 삶에도 세찬 바람이 붑니다. 그 안에서 깨알 같은 행복, 깨알 같은 사랑 그리고 깨알 같은 희망을 찾으려고 노력하고 있어요. 아빠의 다방커피도 그 중 하나입니다. "당신이 나에게 바람 부는 강변을 보여주면은 나는 거기에서 얼마든지 쓰러지는 갈대의 자세를 보여주겠습니다." 황동규 시인의 〈기도〉 중 한 구절입니다. 요즘 갈대가 되기 위해 전전긍긍하고 있는데 매우 어렵네요.

서성인다

그리움으로 서성인다 by Bric

진달래꽃처럼 사무치게 그리운 사람이 있다.

그 사람이 피아노를 칠 때면 늘상

'꽃노래'를 쳐달라고 조르곤 했다.

산등성이를 타고 선율처럼 흐르는 진분홍잎들 속에서

꽃노래를 듣는다.

진달래꽃일랑 본 적 없는 먼 나라 사람이 만든 곡이여도

내 귀가

내 눈이

내 마음이

그리움은 진달래색이라 말한다.

개나리가 질투할 만큼 노오란 민들레 앞에서

그의 여정을 본다.

꽃보다 맑은 영혼으로

민들레 홀씨처럼 홀연히

떠나갔던…

언제 다시 올 것이라고

다시 민들레로 태어나리란

말도 없이 바람을 타고 진달래꽃 산등성이를 넘어 갔더랬다.

나도 가고 싶다.

그곳으로 가고 싶다…

진달래꽃. 민들레꽃… 향기로만 노래하는

그곳으로 가고 싶어…

꽃바람 아래…

서성인다.

우탄이 👑
브리 님의 글을 읽다보면 저도 모르게 마음이 맑아집니다.
일상생활에 지쳐 있는 저에게 에너지가 되는 것 같아요.*^^*
그리움은 진달래색이라 말한다.
이 부분이 계속해서 입 속에 맴도네요.
그리고 한 사람이 떠오릅니다.
사실 저는 글을 잘 쓰는 재주가 없어서 제 마음을 잘 표현하고 싶은데 많이 미숙해요ㅠ 정말 브리님이 부러워요.

- -

브리
우탄이 님〉
에너지가 되는 글과 그림이라!! 제가 원하던 바인데! 우탄이 님이 딱 알아 주셨네요.
완전 행복한데요??? 요런 재주는 있어도 다른 재주는 별로이니 너무 부러워 안 하셔도 되옷ㅎㅎㅎ

- -

잔솔밭
바위 뒤에 숨어 피는 수줍은 꽃. 잔솔밭에서도 그늘 아래 피는 겸손한 꽃. 멀리 있어도 모호하지 않고, 가까이 있어도 거칠지 않으며, 벼랑에 매달려 있어도 위태롭지 않은 꽃 진달래꽃. 한국인처럼 끈질긴 생명력을 가지고 있는 진달래꽃. 어떤 이는 그 꽃이 피를 토해놓은 색깔이라고 하는데, 브리 님은 눈으로 진달래꽃에서 그리움을 보고 귀로는 진달래꽃에서 그리움의 소리를 듣네요. 4월의 산에는 그리움의 색깔과 소리가 가득 차 있습니다.

- -

브리
잔솔밭 님〉
피를 토한 색이라...하드코어 진달래네요. 진달래만큼 우리의 한의 정서가 잘 표현되는 꽃도 드물 거예요.

쫑아♥

10년도 넘게 집 앞 마당에 흐드러지게 꽃을 피웠다던 진달래꽃을 스물여덟 살이 되어서야 발견했습니다. 모든 생물이 생기 있게 깨어난다는 봄인데 자리를 못 잡고 자꾸만 방황하는 마음을 붙잡으려고 애쓰는 저에게 세상은 아름다운 곳이라고 말해주는 것 같아 한참을 쪼그리고 앉아 많은 생각을 했습니다. 이제는 오직 자신만을 믿고 모든 일을 결정하고 실행해야 할 때가 온 것 같아 두려운 마음이 앞서는 오늘 브리 님의 글은 슬프도록 아름답네요. 때로는 두 눈과 귀를 막고 내 마음이 하는 소리를 따라가는 것도 세상을 살아가는 방법인 거라 믿어요....파이팅!~~

브리
쫑아♥ 님〉
진달래가 있는 앞마당에서 사시는 군요. 아주 멋진 집에서 살고 계시네요. 이제 곧 꽃 피는 계절이 오겠죠? 저도 쫑아 님 따라 파이팅!^^

우리집고양이
브리 님 무슨 슬픈 일이 있었던 건가여? 오늘따라 글과 그림이 애잔하기도 하고 가슴이 짠하기도 하네요. 부디 좋은 일만 있으시기를!

브리
우리집고양이 님〉
인생에 좋은 일만 있다면 어떨까요? 아마 좋은지도 모르고 지나쳐버릴 것 같아요. 가끔 안 좋은 일도 있어 좋은 일이 빛나는가 봐요^^ 응원 정말정말 감사합니다!^++^

가난한 불빛이
아름답다

이사를 왔다. 짐을 푼 곳은 좁고 꼬불따란 골목들이
사람과 숲의 경계를 이루는
언덕꼭대기 집이다.
마치 하늘 아래 첫 지붕 밑에서 사는 것만 같다.

어둠이 냉정하게 공기를 물들이면,
창문 밖으로 가난한 불빛들이 하나 둘…
켜진다.

4층짜리 연립에는 회백색 불빛이 장마철 곰팡이마냥
아른거리고,
오래된 주택의 불빛들은 노인의 기침소리마냥
쇠되게 새어 나온다.
옥상 위의 불빛들은 노랗게 그을린
고양이털보다도 거칠다.
인기척이 스칠 때마다 수줍게 뿌연 빛을
내뿜는 골목 어귀의 전봇대…

바르르 떨리는 불빛이 죄지은 사람마냥 불안하다.
하지만

이곳에 와서야 나는 알았다.

가난한 불빛이 더 아름답다는 걸…

축축하고 거친 불빛이 달의 습기 어린 내음과 함께
동그랗게 울려 퍼지는 곳…

 이곳에서
숲은 소박한 불빛들을 위로하듯 감싸안고
별들은 걱정근심 없이 해맑게 빛날 뿐이다.

햇살좋아 👑
아...좋네요. 정말 와 닿습니다. 이렇게 소박하지만 아름다움을 찾아내며 살아본 사람은 이 기분, 마음을 알죠. 너무 잘 아는데, 누구나 이렇게 표현할 순 없죠. 브리 님 책 나오시면 소장하고 싶어요.

브리
햇살좋아 님)
햇살의 즐거움을 만끽하는 것도 소박한 아름다움 중 하나겠죠!

부폰
저는 이 그림과 글을 읽으니 윤동주 시인이 이런 언덕에서 별 헤는 밤이 연상되네요.

브리
부폰 님)
윤동주 별 헤는 밤이 떠오른다니.... 영광입니다.^^정말 존경하는 시인이거든요.

상상으로
대학시절 밤늦게 털레털레 발걸음을 이끌고 자취방 문을 여는 순간 저를 반겨주는 건 그 노란 가로등 불빛이었어요. 전 혼자 그렇게 그 가로등 불빛에 기대어 훌쩍훌쩍 울었었어요.
그 주황빛 불빛...아름다운 추억으로 남아 있게 될 것 같아요.

브리
상상으로 님)
아.......뭔가 말문이 막히게 되는.......장면이예요. 그런 일이 있으셨군요.
늦었지만 토닥토닥!!!~~입니닷. 그날의 전봇대도...상상으로 님의 눈물을 기억하고 있을 거예요.

쭁아♥
9년째 타지에서 외로운 자취생활을 해 나가고 있는 학생인 저에게는...정말 공감이 가는 글입니다. 브리 님의 따뜻한 글과 그림을 보며 다시금 힘을 내어 새로운 시작에 용기를 가져 봅니다. 브리 님의 따뜻한 세상을 항상 응원하겠습니다.

브리

쭝아♥님〉

누구나 전봇대와의 추억이 하나쯤 있나봐요. 전봇대 전구의 노오란 빛처럼
따뜻한 댓글..저도 잘 읽었습니다.

커피소년

가난하다고 사랑을 모르겠느냐, 는 신경림 시인의 시가 떠오릅니다.

브리

커피소년 님〉

가난하다고 사랑을 모르겠느냐, 그 한 구절에 숨겨진 이야기들을 상상하니 왠지 짠하네요.

앰비앤자

문장 하나하나, 단어 하나하나가 조화롭게 펼쳐지는 글이네요.
요시모토 바나나보다 감수성이 깊은 글이란 생각이 듭니다.
잘 읽고 갑니다. 공감 100%!

브리

앰비앤자 님〉

공감 100%에 저도 공감 백프로 꾸욱   ^___^v

어머니

by Brie

느이 아버지는 비가 오나 눈이 오나 사랑채에서 글만 읽으셨느니라. 어느 해 여름이었다. 솔미 밭에서 김을 매고 있는데 갑자기 소내기가 쏟아지더라. 냅다 집으로 달려와서 보니 마당에 널어 놓은 콩멍석이 다 떠내려갔더구나. 사랑문을 열고 느이 아버지한테 퍼부어댔지. 그런데 느이 아버지 무어라고 했는지 아니? '좀 진작에 와서 걷지' 느이 아버지 그랬느니라. 어머니는 두고두고 그 말씀을 하셨었다.

해마다 우리 집에서는 초등학교부터 대학까지 입학했다. 물론 입학시험에서 떨어지면 농사를 지어야 했다. 시골구석에서 초근목피를 하면서 그렇게 교육 시키는 우리 아버지 어머니에게 동네 사람들은 수근거렸다. 특히 아버지와 가장 가까운 친척분의 수근거림은 우리 어머니의 귀에 거슬릴 만큼 커서 어머니는 그 아저씨를 싫어하셨다. 오월 초에는 보리가 패어서 제법 영글어 간다. 통가리해 두었던 고구마도 떨어지고 배춧잎에 밥알 두어 개 넣어 먹던 그 배춧잎조차 동이 난다. 그러면 어머니는 누이들과 함께 풋보리 모가지를 자른다. 그러다가 그 아저씨가 지나가면 아저씨가 보이지 않을 때까지 보리밭 고랑에 납작 엎드렸다. 일자무식인 우리 어머니 자존심 하나는 독립군 못지않으셨다.

새해 정월 보름 새벽이면 쌀밥을 김에 곱게 말아 개울물에 띄워 보냈다.

"우리 ○째 아들 푸른 잎으로 붉은 꽃으로 피어나게 해 주십시오. 밥은 한 말씩 먹게 해 주시고, 천 석군 만 석군이 되게 해 주십시오."

이렇게 열한 자식 이름을 하나하나 부르며 소원을 빌고 나면 아침이 훤하게 밝아 왔다.

소년은 벅찬 가슴으로 학교에서 집으로 간다. 학교에 무슨 큰 행사를 한다고 해서 오전 수업만 하고 파하였다. 7월의 태양 볕에 나뭇잎이 축 쳐져 있다. 신작로의 미루나무는 가끔 지나가는 버스와 트럭이 지나갈 때마다 하얀 먼지를 뒤집어쓴다. 소년은 산꼭대기에서 큰 바위가 위용을 자랑하는 학성산을 넘어 집 쪽으로 가지 않았다. 다른 길로 가면 엄니가 김을 매고 계신 밭으로 가는 길이 빠르다고 생각하여 먼 길을 선택하였다. 엄니한테 먼저 이 기쁜 소식을 전해 드려야 할 것 같아서이다.

누렇게 찌든 베잠뱅이, 검은 몸뻬, 구질구질한 무명앞치마, 흙범벅 땀범벅이 된 수건, 구릿빛 얼굴, 억센 팔뚝으로 호미질하는 저 여인. 누구던가. 소년은 한참이나 떡갈나무 언덕에서 그 모습을 바라보다가 발걸음을 다시 움직인다.

"엄니 나 장학금 탔다."

"……."

"엄니 나 장학금 탔다구."

장학금은 나의 생명이고 나의 생명이라면 어머니의 생명과도 같은 것인데 어머니는 아무 말씀이 없으셨다. 무심히 아카시아 잎만 훑고 또 훑어 앞치마에 담는다. 바람 한 점 없는 7월의 땡볕이 말을 태워 버렸을까. 한동안 침묵이 흘렀다.

"엄니는 내가 장학금 탔다는데두 하나두 안 좋은가 봐. 나 갈 거야."

나는 은근히 부아가 나서 막 돌아가려고 하였다. 그때였다. 아카시아 잎이 내 머리 위에서 꽃비처럼 쏟아졌다. 어머니께서 앞치마에 담아놓았던 아카시아 잎을 나에게 마구 뿌려대는 것이 아닌가.

'아, 어머니 생전에 그때 뛸 듯이 기쁘고 고맙고 미안했었다고 말씀을 드렸어야 했는데…….'

소년은 자라서 도시로 갔다. 도시의 잡음 속에서 욕망이 한 계단씩 미끄러져 갔다. 어느 날 어머니가 세상을 떠났다는 소식이 들려왔다. 집에 도착하자 근조화환(謹弔花環)이 동구 밖까지 이어졌다. 혹독한 추위 속에서 장례식을 치렀다.

호미도
날이언마는

Brie

"어머님은
냉이꽃 눈물처럼 핀 길을 따라
뒤로만 가고 계십니다."

호미도 날이언마는

낫같이 들 리도 없으니이다

아버님도 어버이시지마는

위 덩더듕셩

어머님같이 괴실이 없어라

아소 님하

어머님같이 괴시리 없어라

— 작자미상의 고려속요(호미도 날이언마는)

삼동(三冬)의 한복판이라 그런지 일기가 고르지 않습니다.

항상 세심하게 건강 살피시고, 건강하고 행복한 가정이 되시기를
진심으로 기원하며, 감사의 인사 말씀 올립니다.

지난 1월 6일 저희 모친 상사(喪事) 때에, 혹독한 소한(小寒) 추위도 마다하지 않으시고 멀고 험한 길 찾아오셔서, 따뜻한 위로와 과분한 뜻을 베풀어주신 은혜 어떤 말로 보답해야 할지 몸 둘 바를 모르겠습니다. 덕분에 저희 모친께서는 아버님 바로 옆에 편안히 누워 계실 수 있게 되었고, 저희 고애자(孤哀子)는 삼우제(三虞祭)까지 무사히 치렀습니다. 깊이 머리 숙여 감사드립니다. 일일이 찾아뵙고 인사 드림이 마땅한 도리인 줄 아오나, 아직도 경황 중이라 이렇게 글월로 인사드림을 너그러이 용서하여 주시기 바랍니다.

모친(母親)께서는 여든 여덟의 수(壽)를 누리시다가 올해 소한 추위를 못 넘기고 유명을 달리 하셨습니다. 열아홉에 시집 오셔서 십일 남매를 낳고 기르고 가르치셨습니다. 당신께서는 일자(一字)를 모르셨으나 남달리 교육열이 강하셨습니다. 기차가 지나가기만 하는 작은 마을이기는 하지만 최초의 대학생, 최초의 유학생, 최초의 여대생이 모두 저희 집에서 배출될 수 있었던 것은 바로 저희 모친의 억센 손끝이 있었기에 가능했습니다. 얼마나 부지런하셨는지 호미자루를 놓으신 지가 바로 엊그제 일입니다. 찔레꽃처럼 강인하고, 모란꽃처럼 자존심이 강한 분이셨습니다. 그리고 참으로 정갈한 분이셨습니다. 돌아가시기 직전까지 허공에 발을 디디면서 화장실 출입을 하셨습니다.

돌아가시기 전날에는 목욕을 하시고, 머리에 기름을 바르시고는 '참 좋다' 하셨습니다. 어머님께서 잠들 듯이 고요히 저 세상으로 가신 지금, 어머님의 모습은 흑백사진 속의 미소로만 남아 있습니다.

날개를 달자 자식들은 멀리 날아갔습니다. 돌아오지 않는 새처럼, 혹은 잠시 앉았다가 다른 나뭇가지로 떠나버리는 새처럼, 모친께서 늙고 병들었을 때 자식들은 어머니를 찾지 않았습니다. 얼마나 자식들이 보고싶고 그리웠으면, 병중에도 방문을 닫지 않고 주무셨겠습니까. 외로움에 지쳐 '자식들 다 소용없다' 하시면서도 결국은 당신 스스로 자식들의 꿈속으로 찾아 가신 것입니다. 어머님께서 더 기다려주지 않았다고 자식들은 이제 와서 오열(嗚咽)을 하고 있지만, 문을 열면 반갑게 날아와 앉는 까치 한 쌍, 말 없는 대추나무 한 그루만도 못한 자식들이었습니다. 눈이 있어서 어찌 푸른 산, 푸른 하늘을 볼 것이며, 귀가 있다고 어찌 휘파람새 소리를 들을 수 있겠습니까. 삼베옷 걸쳐 입고 상장(喪杖)에 몸을 지탱하여 하늘을 불러 통곡하고 땅을 치며 슬피 운들, 어머님은 냉이꽃 눈물처럼 핀 길을 따라 뒤로만 가고 계십니다.

무슨 대단한 일이나 한다고 그렇게 쫓기듯 살아왔는지 모르겠습니다. 앗차하는 순간에 돌이킬 수 없는 죄(罪)를 짓고 나니 솟구치듯 솟아나는 건 회한(悔恨)뿐입니다. 생각하면 할수록 이렇듯 불효막급한 저희들에게 넘치도록 베풀어 주신 정성 평생을 잊을 수 없습니다. 정말 부끄럽습니다. 다시 한 번 곡진(曲盡)한 마음으로 감사를 드립니

다. 귀댁의 대소사(大小事)에 빠른 걸음으로 찾아 뵙고, 은혜에 보답할 수 있도록 꼭 소식 주시기 바랍니다. 세상의 모든 어머니들이 외롭지 않았으면 좋겠습니다.

울음을 찾아
떠난 여행

by Brie

"가슴 아프지만 표내지 아니 하고
당당히 돌아서서 자기 길을 가는
스님의 뒷모습이 아름다웠습니다."

산다는 것은 속으로 이렇게
조용히 울고 있는 것이란 것을
그는 몰랐다.

– 신경림의 「갈대」 중에서

"밀려오는 그리움이야 잊혀지겠지//그리워 하는 사람이야 비워지 겠지//그래 주저앉고 싶으면 쉬었다 가는 거야"(「苦行」) 이 노래는 몇 해 전 내가 한 사찰에서 운영하는 단기출가 학교에 들어가 행자교육 을 받을 때 자주 부른 노래이다. 지금도 틈만 나면 혼자서 이 노래를 중얼거린다. 언제 불러도 내 가슴을 파고드는 힘이 있다.

나는 '아차' 하는 순간에 놓쳐 버린 파랑새를 찾을 수 있을까 하는 마음으로 입교를 했었다. 아마 60여 명의 행자 모두 저마다 절박한 인생의 화두를 안고 들어왔으리라. 이들과 함께 한 달 동안 받은 절 집의 예절, 의식, 염불, 경전 공부, 참선, 삼보일배, 철야용맹정진 삼 천배, 발우공양 등은 나에겐 참으로 소중한 경험들이었다. 이때의 경 험 하나 하나가 내 인생의 지침이 되고 있다.

하루는 정명이라는 법명을 가진 학감 스님(학생주임 역할과 같은 소임)이 강의를 들어왔다. 매사에 빈틈이 없고 냉혹한 스님이었다. 마치 훈련소의 조교처럼 딱딱하고 건조해 보이기까지 하였다. 정명 스님이 준비한 강의 내용은 "초발심자경문해독(初發心自警文解讀)"이었다. 강의 제목은 마음에 들었지만 원체 피곤했던 터라 졸음이 오면 쫓지 않고 적당히 견디리라 준비를 하고 있었다.

"열네 살 되던 어느 여름 어머니와 함께 절을 가는데 앞서 가던 노스님의 장삼 자락이 바람에 펄럭이는데 그 모습이 얼마나 아름답던지 그 길로 출가를 했답니다. 어언 삼십여 년 됩니다."

거두절미하고 나오는 스님의 첫말이 예사롭지 않았다. 어린 날 가족과 이별하고 사문에 들던 기억이 가슴 아플 법도 한데……. 남의 말 하듯이 아무렇지도 않게 하다니, 졸음이 싹 달아났다.

"며칠 전 6년 만에 속가의 어머님과 눈빛이 마주쳤습니다. 제 방에 모셔서 차 한 잔 나누고는 보내드렸지요."

잠시 침묵이 흘렀다.

"그런데 방금 전에 어머니께서 보내오신 편지를 받았습니다. 여러분이 괜찮으시다면 읽어드릴 수 있습니다."

행자들 모두 간절히 원한다는 눈빛을 보냈다.

"스님 방에서 차 한 잔을 나누는 동안 요사체 주위를 둘러싼 전나무 숲에 밀려드는 바람소리가 저에게는 울음소리로 들렸습니다. 그 소리는 지금도 제 가슴 속에서 울고 있습니다. 스님과 헤어질 때 사천왕문까지만이라도 배웅을 나와 주셨으면 했는데, 스님은 대웅전 앞 구층석탑을 돌 즈음 냉정하게 돌아서서 전나무 숲길 쪽으로 향하시더군요. 아쉽고 서운한 마음이 사무쳤습니다. 그러나 가슴 아프지만 표내지 아니 하고 당당히 돌아서서 자기 길을 가는 스님의 뒷모습이 아름다웠습니다."

 어디선가 훌쩍거리는 소리가 들렸다. 눈물보다 감염속도가 빠른 것은 없다. 마치 한 마리의 개구리가 울면 개구리 울음소리가 들판을 가득 채우듯이 여기저기서 훌쩍거렸다. 여 행자도 울고, 남 행자도 울었다. 어떤 행자는 바닥을 치며 대성통곡을 하였다. 법륜전 대 법당 맨 앞에서 빙그레 미소 짓던 비로자나 부처님의 몸이 조용히 흔들렸다.

울음은 본성인가 보다. 웃음 뒤의 부처인지도 모른다. 덕지덕지 덧칠해진 때를 벗기면 나타나는 깊고 간절한 마음인지 모른다. 종소리가 웅웅웅 깊은 울음을 울며 사람이 사는 마을로 찾아가듯이 산다는 것, 그것은 어쩌면 울음을 찾아가는 긴 여행인지도 모른다.

산새들도 잠이 들고 도반들도 잠이 들고 달빛은 고요한데, 대웅전 처마 끝의 풍경 혼자서 청아한 목소리로 경전을 읽고 있다. 슬며시 일어나 대웅전 뒤뜰을 걸었다. 밤하늘은 어디엔가 그리움을 놓고 온 운수납자의 눈빛이다. 별똥별이 꼬리를 달고 스치니 마치 내가 우주 속에 있는 것 같다. 산비탈에 핀 한 무더기의 진달래꽃, 형용할 수 없는 그 빛깔, 깨달음의 빛깔이 있다면 아마도 저런 빛깔이리라.

아버지

by Brie

"아버지의 글소리 듬뿍 배인 돋보기"

남들은 우리 아버지가 학식이 높고 덕이 크시다고 하셨습니다. 새벽 4시만 되면 사랑방에서 아버지의 글 읽는 소리가 들렸습니다.

글 읽는 소리가 아니라 사실은 글 외우는 소리입니다. 아버지의 머릿속에는 천자문에서 시경 역경까지 모두 저장되어 있었습니다. 입을 열면 곧바로 논어나 맹자, 명심보감이나 고문진보가 튀어 나왔습니다.

그러나 안타깝게도 아버지의 직업은 농부였습니다. 나는 농부인 아버지가 부끄러웠습니다. 새 학년이 시작되면 늘 가정환경 조사를 했지요.

집에서 가지고 있는 물품이 무엇인지 물은 다음에는 꼭 아버지의 직업을 물었어요. 그때마다 나는 아버지가 농부라는 사실이 그렇게 부끄러울 수가 없었어요. 내 아버지는 어째서 선생이나 공무원이 못 되고, 회사원도 못 되고, 사시장철 거친 음식과 때절은 옷과 주름 패인 얼굴로 농사를 지어야 하느냐 하고 원망도 해 보았답니다.

아버지의 제삿날이 스무 번이나 지나갔지만 한 번도 제삿날을 기억하지 못했으니까요. 세기말이 왔어요. 우루과이라운드로 농촌은 황폐화되기 시작하였습니다. 폐가가 늘어나고 고독에 지친 뻐꾸기도 농촌을 떠났지요. 그때 일간신문에서 눈에 꼭 박히는 설문조사 하나를 보았습니다. '우리 사회에서 가장 순수한 계층이 누구냐' 하는 설문에 답한 이들의 통계를 적어놓은 것이었습니다. 나는 질문만 보고 가장 순수한 계층에 대한 응답은 스님이나 목사님이나 신부님이나 종교계에서 헌신하는 분들이 가장 많이 나왔을 것이라 추측을 했었지요. 그런데 놀랍게도 농부가 가장 순수한 계층이라고 응답한 사람들이 월등하게 많았어요. 우리 사회에서 농부가 가장 순수한 계층이라는 거예요. 그 설문조사는 나의 아버지에 관한 생각을 완전히 바꾸어 놓았답니다.

진갈색의 굵은 뿔테를 두른 두터운 유리알

유행에 뒤떨어진 아버지의 돋보기

입김으로 남루를 지우고 조심스레 걸쳐본다

끈덕지게 달라붙는 눈가의 안개 걷히고

영리한 활자처럼 추억이 살아 움직인다

한지같은 흰옷 정갈히 입고 얌전히 앉으시어

몸을 느릿느릿 흔들며 한적을 읽으시는 아버지

가끔 꿈속에 근심스런 얼굴로 찾아오셔서

아주 먼 곳에 계신 줄 알았었는데,

아버지의 글소리 듬뿍 배인 돋보기를 걸치면

싸리나무 회초리가 무서운 서당아이

꿈결인 듯 물결치는 호밀밭을 내닫는다

노고지리 한 마리 파르르 하늘로 치솟는다

아, 빈 하늘 안쪽의 견고한 중심이여

– 권희돈의 「아버지의 돋보기」 전문

아버지에 대한 추억이 정말로 영리한 활자처럼 떠올랐습니다. 내 아버지가 무능했던 게 아니라 세월이 잘못되었구나. 내가 잘못 알고 있었구나. 돈으로 살지 않고 덕으로 사셨구나. 거친 밥에 헐은 옷을 입었을망정 권위를 잃지 않고 당당하셨던 까닭이 거기에 있었구나. 덕으로 사셨기에 6.25 때에도 좌익이나 우익이나 모두 우리 집을 그냥 지나쳐 갔구나. 그래서 지주의 아들인 외삼촌 셋이 우리 집 다락방에 숨어서 살 수 있었구나. 피란민들의 발길도 끊일 새 없었구나.

사랑방엔 늘 나그네들이 묵었었지. 때로는 밤새 소리하는 분들과 시조를 읊으셨었지. 외출에서 돌아오실 때는 늘 헛기침이 먼저 방에 들어오셨지. 흰 두루마기자락에 묻은 찬 기운은 어떠했던가. 진지는 꼭 반 사발 이상을 남기셨었지. 그 밥이 철없는 자식들에겐 하늘이었어.

아버지는 늘 이렇게 말씀하셨습니다.

"너는 너무 앞서 가는구나. 앞서 가면 다친다. 뒤쳐져서도 안 되겠지만 앞서지도 말거라. 그리고 마음을 항상 고르게 가져야 하느니."

철이 늦게 들기는 했지만 늦게나마 든 것이 다행이다 싶어 중평(中平)이란 필명을 쓰게 되었습니다. 쓰고 보니 좋았습니다. 소평(小平)보다는 크고, 대평(大平)보다는 적으나 부족하지도 않고 넘치지도 않아서 좋았습니다. 크든 작든 상관없이 중심이란 말이 더 좋았습니다. 좌로도 우로도 치우치지 않아서 좋았습니다.

그러나 그 후로도 나는 중심을 잃고, 이리 기우뚱 저리 기우뚱 흔들리며 살아왔습니다. 흔들리며 살아온 시간들이 여기저기 널브러져 나뒹굴고 있습니다. 아쉬움으로 슬픔으로 회한으로 뉘우침으로 그러나 오호라, 지금은 티끌 하나도 되돌릴 수 없습니다.

돌아가셨지만 여전히 나의 중심이신 아버지.
여전히 중심이시지만 이미 돌아가신 아버지.
견고하게, 빈 하늘에 떠 있는 아버지.

엄마,
외상값 받으러
왔다네

"시간이 느릿느릿 산속으로 빨려들어 가는
완행열차처럼
거꾸로 흐르기 시작했다."

이십 년 만에 옛집으로 이사를 왔다. 연어가 귀향하듯 그립던 터전에 맘먹고 서재를 꾸몄다. 책을 정리하던 딸이 무언가 찾았나보다. 보물이라도 발견한 듯 의기양양한 표정으로 내게 낡은 책 한 권을 내밀었다.

"이 안에 선물이 있어요~"

헌 책 특유의 퀴퀴한 냄새가 먼저 코끝으로 다가온다. 여성잡지사에서 부록으로 펴낸 에밀리 브론테의 『폭풍의 언덕』이다. 이삿짐을 꾸릴 때 부식이 심하여 버릴까 말까 한참 망설이다가 그냥 가져온 책이었다. 앞표지에는 주인공 캐시로 보이는 금발머리 소녀가 그려져 있고, 뒤표지에는 검은머리의 동양 모델이 피부연고를 선전하며 웃고 있다. 그 촌스러움이 묘한 향수를 불러 일으켰다. 책을 펴보니 금세 바스라질 것 같은 편지 한 통이 얌전히 접혀 있었다.

오빠 보셔요.

그동안 안녕하셨어요?

오빠가 다른 학교로 이동하셨다는 소식을 들었습니다.

진작 편지 쓴다는 것이……

곧 집을 옮기셔야겠네요.

오빠는 몇 학년 맡으셨어요?

전 1학년 맡았어요.

하루 2시간인데도 무척 힘들어요.

하지만 차차 나아지리라 생각해요.

아버님은 차도가 없으시네요. 봄방학 때 뵀었는데 통증 때문에 여전히

잠을 못 주무셔요. 빨리 완쾌되셔야 할 텐데요.

이번에는 셋째 오빠가 꼭 합격되어야 할 텐데…….

셋째 오빠를 위해 기도나 하겠어요. 편지를 띄울래도 공부에 방해

가 될까 오히려 두려워요.

참, 3월 10일(일요일) 엄마께서 서울에 가신대요.

학성역에서 아침 8시 59분차로 가시니까 시간 맞춰 영등포역으로

나오셔요.

p.s 메주, 쌀, 김치, 기름 등을 가지고 가신다고 했어요.

74년 3월 6일

동생 난수 올림

대학을 졸업하고 시골학교 교사로 첫 발령을 받은 여동생이 넷째 오빠인 나에게 보낸 편지였다. 나는 그 당시 서울에서 막 두 번째 학교로 전근하던 참이었다.

　오랜 투병으로 고통받는 아버지의 모습은 우리 가족의 슬픔이었고, 만성위궤양에 시달리면서도 고시공부에 몰두하고 있는 형님은 우리 가족의 희망이었다. 발 디딜 틈 없이 사람들로 가득 찬 삼등열차에 김치며 쌀이며 메주 푸성귀 등을 이고 들고 서울까지 날라다 주시는 어머니 덕분에 우리는 힘을 내어 살아가고 있었다.

　동생의 편지를 밤이 깊도록 읽고 또 읽었다. 글자 한 자 한 자 사이에 그 시절 고향의 산과 들이 깃들어 있고, 가난했지만 모두가 서로를 격려하며 잘 되기만을 바랐던 가족의 얼굴이 환영처럼 떠올랐다. 시간이 느릿느릿 산속으로 빨려들어 가는 완행열차처럼 거꾸로 흐르기 시작했다.

동생은 가정 일을 잘 보살폈다. 내가 서울에 와서 정신없이 사는 동안 동생이 위 형제들 대신에 가정살림을 돌본 것이다. 아버지의 총명한 머리와 어머니의 살뜰함을 물려받아서 우리 마을에서 여러 기록을 세우기도 하였다. 학교성적은 항상 1등이었고, 우리 마을 최초의 여대생이었으며, 최초로 마을 총각과 결혼을 한 기록도 갖고 있다.

어느 해, 4월 하순 달도 없는 밤이었다. 한 대학생이 성큼성큼 시골 학교에서 근무하던 동생을 찾아왔다. 그는 다음날 있을 중간고사도 포기하고 올 만큼 동생에게 빠져 있었나 보다. 동생은 사랑고백은 들리지도 않고 마을 사람들의 눈에 띄어 행여 소문이 날까 걱정이 되었단다. 그래서 그날 그의 사랑고백을 냉정하게 뿌리쳤다. 총각은 빛 한 줄기도 없는 어둠 속을 터덜터덜 되돌아갔단다.

그는 우리와 같은 마을에서 동생과 초등학교를 같이 다닌 총각이었다. 나하고도 기차통학을 같이 한 적이 있다. 초등학교 때부터 동생을 짝사랑하고 있었다고 한다. 그야 그렇다 하더라도 시험도 포기하고 사랑고백을 하기 위해 시골까지 왔다는 열정이 내 마음에 들었다. 이 이야기를 듣고 그 총각을 동생에게 적극 추천하였다. 여자는 자신을 사랑해주는 남자와 결혼해야 행복한 것이라고…….

동생은 그 총각과 혼인하여 직장생활하면서도 시부모를 잘 모시고 아들딸 낳아 반듯하게 키워냈다.

"일요일이면 칼라를 빨아서 풀을 먹여 바지와 함께 다려 입곤 했지요. 한 달 후쯤에서야 제 교복이 다른 애들 교복과 다르다는 걸 알았어요. 아무리 깨끗하게 입고, 다림질을 열심히 해도 이슬을 털며 시오리 길을 걸어 학교에 가면 제 바지엔 줄이 하나도 없었어요. 때문에 항상 남학생 앞을 지나가기가 쑥스러워 수줍음을 더욱 많이 타게 되었어요."

지나간 추억은 아름답다고 하지만, 동생의 중학교 교복 이야기를 떠올리면 나는 늘 가슴이 아리다.

내가 동생을 남학생 교복 맞춤점으로 데리고 가서 양달양(남자옷감)으로 교복을 맞춰준 것이었다. 그때는 왜 그렇게 어리석었는지 모르겠다. 그 나이에는 한참 멋 내고 싶은 소녀시절인데……, 더구나 동생의 가방은 집에서 헝겊으로 거칠게 만든 가방이었으니…….

동생이 중학교에 들어가기 전에는 우리는 남매지간이라기보다는 사제지간이나 마찬가지였다. 알파벳을 가르치고, 사전 찾는 법과 발

음기호까지 가르쳐주었다. 영어에 재미가 들린 동생은 학교를 오고 가거나, 토끼풀 뜯으러 갈 때에도 항상 단어를 외웠다. 심지어 잠을 자기 전에도 손바닥에 영어단어를 쓰다가 잠이 들곤 했다.

동생이 서너 살 무렵이었을 때다.

우리 마을에 아주 예쁘장한 쌍과부가 옷감을 팔러 오곤 하였다. 어머니는 그들로부터 옷감을 사서 팔구남매 옷을 지어 입히셨다. 외상값은 늘 밀려 있었다. 어린 동생은 쌍과부 포목장수로부터 외상값 독촉 받는 어머니가 걱정이 되었는가 보다. 쌍과부가 나타나기만 하면 높은 마루에 올라가서 눈물이 그렁그렁한 채로 노래를 하였다.

엄마, 외상값 받으러 왔다네.
엄마, 외상값 받으러 왔다네.

동생은 이 구절을 4분의 4박자로 단조의 가락을 살려 몇 번이고 반복하는 것이었다. 나는 마당에서 동네아이들과 놀다가도 동생이 읊조리는 그 가락을 들으면 노래가 끝날 때까지 그 자리에 못 박힌 듯 서 있곤 했다. 해진 후 여우고개를 넘다가 꼬리 달린 여우가 쌍과부를 잡아갔으면 좋겠다는 생각을 하면서……. 동생을 생각하면 여지껏 그 소리가 내 귓가에 울려 퍼지는 듯하다.

세월은 참 야속하게 엄격히도 흘러간다. 그런 동생이 며칠 뒤엔 퇴직을 한단다. 전화기 너머의 동생은 어렸을 때의 총기가 많이 흐려져 있었다. 같은 말을 되풀이하기도 하고 금방 한 말을 잊어버리기도 한다. 남이 보기에는 아무 걱정없이 살아온 것처럼 보이는 동생의 속도 실은 새까맣게 타 있을 것이다. 그런 사정을 어렴풋이나마 기억 속에서 떠올리니 마음 한 구석이 얼얼하다. 몸이 아프다는 얘기도 먼 곳에서 타인의 일 마냥 소홀히 들었던 내가 너무나도 미안하고 부끄럽다.

창가의 커튼을 열었다. 밤이 많이 기울었나보다. 아카시아 나무 우듬지에 날카로운 달이 반짝이는 별 하나와 함께 낡은 책 위에서 아른 거린다.

사랑해요,
추석

　남자들이 성묘를 하러 나간 사이 부엌에서는 작은 반란이 일어났다. 여자들이 이런저런 수다를 떨다가 "우리 애 아빠는 너무 무덤덤해요. 도대체 말이 없어요"라고 작은집 며느리가 무심코 던진 말에 부엌은 아예 남편들에 대한 성토장이 되었다.

조카며느리 말이 내가 하고 싶은 말이야. 마누라가 화나 있으면 "왜 화났어?" 하고 한 마디 하면 다 풀릴 텐데……. 끝끝내 그 소릴 못해. 그리고 신문 보고 TV 보고 혼자 밥 먹고 바깥 일 보고……. 자기 할 일은 아무렇지도 않은 듯이 다 하는 거야.

형님 말씀이 제 말이에요. 말도 말아요. 우리는 이번 여름 한 달 가까이나 서로 말을 안 했어요. 저도 오기가 나서 그이와 똑같이 말을 안 하고 꾹꾹 참았지요. 밥도 안 먹고 이렇게 계속 살아야 하나?

하는 생각에 정말 죽겠더라구요. 남편하고 사는 게 아니라 남편의 그림자하고 사는 느낌이었어요.

동세덜은 그래도 나은 편이여. 나는 칠십 평생 수고했다는 소리 한 번 못 듣고 살았어. 삼 년 가물어야 한 마디 하는 사람인디. 말을 안 해두 살아 있는 게 낫더라. 앞에 보이기라도 하면 밉기라도 하지. 그러닝께 살아 있을 때덜 잘혀. 한 살이라도 젊었을 때 재미나게덜 살어. 나중에 잘 살겠다는 건 다 헛일이여. 그래두 이 집 남자덜은 말은 없어도 다른 일로 여자 속 별로 안 썩히고 착하잖아…….

착하기만 하면 뭐해요? 표현을 해야지요. 말로 표현을 해야지요. 마음속에 무슨 생각을 품고 있는지 알아요? 여자의 마음을 읽어 토닥일 줄도 좀 알고, 같이 사는 사람 기분도 헤아릴 줄 알아야지요. 말 안 하고 가만히 있으면 목석이나 다름없어요.

여자들의 불만은 끝이 없었다.

남자들은 하얀 두루마기를 입고 성묘를 다니던 아버지와 아버지의 아버지가 누워 계신 산들을 습관처럼 돌아서 집으로 왔다.

점심상 겸 술상이 물러나고, 찻잔을 앞에 놓고 모두가 빙 둘러 앉았다. 작은집 조카가 농을 던진다. '이십대 남편은 아내에게 라면 끓여달라고 하면 쫓겨나고, 삼십대 남편은 아내에게 밥 차려달라고 하면 쫓겨나고, 사십대는 여행가는 아내에게 어디로 가느냐고 물어보면 쫓겨나고, 오십대는 드라마 보는 아내에게 다른 프로 보자고 하면 쫓겨나고, 육십대는 아내 앞으로 지나가도 쫓겨나고, 칠십대는 아내 앞에서 어른거리기만 해도 쫓겨난대요' 우스갯소리가 채 끝나기도 전에 집안은 웃음 소리로 진동했다.

조카가

"그건 남자들이 표현을 못해서 그래요. 하루에 세 번씩 사랑한다는 말을 해보세요. 그러면 쫓겨날 일이 없어요."

하고 말하자, 일시에 박수소리와 함께 폭소가 터졌다.

"삼춘, 어서 동세한테 하늘만큼 땅만큼 사랑한다고 말을 해 봐유. 동세한테 자상하게 잘 할 거 같은디 왜 그렇게 말을 안 한대유."

"형수님, 나중에 집에 가서 둘이만 있을 때 할게요."

"안 돼유, 여기서 해야 돼유."

여기저기서 재촉하는 박수소리가 터져 나왔다. 삼촌이 머뭇거리며 미루는 바람에 결국 결혼한 지 10년이 넘은 큰집 조카가 먼저 입을 열었다. 모두가 보는 앞에서 아내를 바라보며 '그동안 나를 잘 도와 줘서 고마워. 사랑해'라며 주저함 없이 사랑표현을 하였다. 젊은 조카들이 돌아가면서 닭살스럽게 아내에게 '사랑해'란 말을 할 때마다 웃음과 박수가 이어졌다. 갓 결혼한 새신랑은 사랑한다는 말과 함께 어린 신부 이마에 키스까지 하여 큰 박수를 받았다.

주위의 시선은 다시 삼촌한테로 쏠렸다. 삼촌은 이런저런 핑계를 대며 한참을 망설이더니 끝내 술의 힘을 빌려 겨우 자리에서 일어섰다. 아내 손을 꼭 잡기는 하였으나 꽤나 민망한 듯 선뜻 입을 열지 못했다. '인증샷을 찍어놔야지!' 여기저기서 휴대폰이 터졌다. '스치는 인연도 소중하지만 함께 하는 이와의 만남은 신의 축복이라는데, 지금까지 삼십여 년을 살아오면서도 당신의 마음을 헤아리지 못하고 살아온 것 미안해, 앞으로 남은 생애 동안 서운하지 않도록 노력할게' 그리고 차마 '사랑해'라는 말은 입 밖에 내지 못하고, '이히 리베 디히'라고 독일어로 말하며 멋쩍은 웃음을 지어 보인다. 함성과 박수 소리에 집안이 떠나갈 듯했다.

"핸드폰 두었다던 뭐하니, 오늘 여기 못 온 애 엄마들한테 전화들혀. 하늘만큼 땅만큼 사랑한다고……. 뭐하는겨 어서들 하지 않구."

"맞아맞아, 지금 옆에 없다고 사랑고백 못 하는 거 아니지!"

"여보, 나야. 지금 뭐해. 응, 여기 다들 계셔. 그동안 나를 숨 쉬게 해줘서 고마워. 사랑해."

"난데, 지금 미션을 받았어. 우리 집안 남자들이 아내에게 좀 무뚝뚝한가 봐. 그래서 오늘은 꼭 사랑한다는 말을 해야 한다는 거야. 사랑해."

"여보, 몸은 좀 어때? … 괜찮아. 고삼 수험생을 둔 당신 다들 이해하서. 오늘은 오랫동안 하고 싶었으나 하지 못했던 말 한 마디 하구 싶네. 응 그래 알았어. 사랑해."

남자들 편에서 요청이 들어왔다. 남자들만 사랑 표현하는 건 너무 일방적이니 여자들도 해야 된다구. 여자들이 머뭇거리고 있을 때 형수가 단호하게 한 말씀하였다.

"아녀. 아직은 아녀. 일 년 동안 하는 거 봐서 낙제점수 맞은 남편은 내년 추석에 또 해야 되는 겨. 그리구 합격된 아내들만 내년 추석에 하면 되는 겨……."

와우와우 또 다시 박수소리, 웃음소리.

마을 앞의 고요한 저수지가 찰랑거리고, 정적을 키우던 간이역의 잡초들도 다정하게 흔들리고 있었다.

A학점

　개강 첫날은 늘 설렌다. '한국현대소설론' 강의시간 10분 전이다. 출석부와 교재를 챙기고 옷매무새를 살피고 막 연구실에서 나서려는 순간 김군이 들어왔다.

　"김군 여기 좀 앉게……. 지난 학기에 내가 준 학점이 너무 박해서 서운했지?"

　"아니에요."

　"아니긴 뭘 아냐. C학점이 기대에 못 미친다고 나한테 전화도 했었잖아? 그때 내가 무어라고 말했는지 기억하는가?"

　"지난 학기에 A학점 받았을 땐 왜 고맙다는 전화를 하지 않았느냐고 하셨어요."

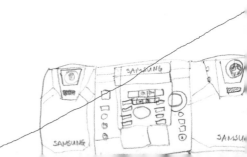

"그리고 며칠 후 '깨달음을 주셔서 감사합니다'라고 문자를 보냈더군. 그래 그 깨달음이 무엇인지 말해 보게나."

김군이 어물어물 말을 하긴 하는데 분명치가 않다.

강의실로 갔다. 출석을 부르고 내 이름과 교재와 한 학기 동안 공부할 내용을 간략히 소개한 다음 첫 시간 강의에 들어갔다.

"소설은 우리 몸과 같이 수많은 요소들이 모여서 육체를 이룹니다. 육체에서 가장 근본적인 요소가 DNA(유전인자)인 것처럼 소설에서 가장 근본적인 요소는 이야기입니다……. 우리 인생은 이야기로 시작해서 이야기로 끝납니다. 출생에서 죽음에 이르기까지 이야기로 가득 차 있습니다. 아주 작은 상처 하나도 거기에 이르는 이야기가 있습니다."

그리고 수업에 들어오기 전 김군과 잠시 나눈 이야기를 꺼냈다. 사람은 누구나 자기 자신과 관련된 내용에 귀를 기울인다. 학생들은 사랑 이야기, 학점 이야기, 취업에 관한 이야기를 할 때 집중하는 경향이 있다.

"한 학기가 끝나고 성적을 내면 반드시 전화나 이메일을 받습니다. 자기 기대에 못 미치는 성적을 받은 학생들이 보내는 항의성 전화이고 메일입니다. 어떤 학생들은 구체적으로 메일을 써서 보내지요. 출석도 잘하고 레포트도 꼬박꼬박 제출하고 발표도 빠뜨리지 않았으며 시험도 잘 보았는데 왜 이렇게 낮은 학점이 나왔는지 모르겠다는 것이지요. 그런데 말입니다……."

어, 이거 봐라. 학생들의 눈빛이 점점 빛나고 강의실은 마치 물먹는 스폰지처럼 내 말을 빨아들이고 있었다.

"교수 입장에서 보면 다릅니다. 레포트든 발표든 시험이든 정말 제대로 한 학생은 아주 드뭅니다. 학점을 잘 받는 학생들도 교수가 너그럽게 봐줘서 잘 주는 겁니다. 레포트든 발표든 시험답안지든 세밀하게 보면 허술하기 짝이 없습니다. 그런데도 학점을 잘 받은 학생들은 자기가 잘해서 좋은 학점을 받았다고 생각하고, 학점을 잘못 받은 학생들은 교수가 잘못해서 낮은 학점을 받았다고 생각합니다."

불만을 표하는 학생들에게 나는 교수의 위치에서 권위적인 말이나 글로 입을 막았었다. 그런 학생들은 더 이상 불만을 말하지 않았으나 나로부터 멀어진다는 느낌을 받곤 하였다. 학점을 잘 받은 학생들은 자기가 잘났으니 나로부터 멀어졌고, 학점을 잘못 받은 학생들은 서운한 감정 때문에 나로부터 멀어진 셈이다. 나는 나에게 불만을 표하는 학생들은 쫀쫀해 보여서 서운하였고, 높은 학점을 받은 학생들은 감사하다는 한 마디 인사가 없어서 서운하였다. 그래서 지난 학기에 김군을 시험해 본 것이다.

사실 김군은 내 연구실에서 공부를 하라고는 했지만, 나의 궂은일을 모두 묵묵히 해냈다. 자기 공부하랴 내 일 하랴 쉴 틈이 없었다. 그런 중에도 김군은 성실하게 수업에 참여하였다. 레포트도 잘 써내고 발표도 잘하고 시험도 잘 보았다. 그랬던 터라 김군이 C학점을 받

으면 분명 섭섭해 할 것이라 예견하고 있었다. 다만 김군은 왜 자기가 C학점을 받았는지에 대해서 다른 학생들과는 다른 고민을 하기 바랐다. 나와의 가까운 인연을 생각해서 다른 학생들과 똑같이 항의성 전화나 메일은 보내지 않을 것이라 여겼다.

그런데 내 예상이 빗나갔다. 김군이 전화를 걸어온 것이다. 나는 김군의 전화를 받자마자 "김군은 왜 지지난 학기에 A학점을 받고도 고맙다는 전화 한 마디 안 했지?" 하고 퉁명스럽게 윽박질렀다. 김군은 무척 당황해 하는 것 같았다. 그리고 며칠 후 김군으로부터 문자를 받았다. "교수님 가르침을 이제야 알았습니다. 좋은 제자가 되기 위하여 더욱 노력하겠습니다. 깨달음을 주셔서 감사합니다." 김군을 만나면 그 깨달음이 무엇인지를 확인해야겠다고 생각하다가 2학기 개강 날을 맞이한 것이다.

김군에게 깨달음이 무엇이냐고 물었을 때 어물어물하는 것을 보면 내 의도를 정확히 이해한 것 같지 않다.

"인생을 어떻게 살아야 하는가. 이에 대한 물음에 종교나 철학자나 사상가들은 참 어렵게 답을 내려줍니다. 나는 아주 단순한 데 답이 있다고 생각합니다. 내가 잘나 좋은 일이 생기는 게 아니라 남이 잘 봐줘서 나에게 좋은 일이 생기는 것입니다. 그러므로 나에게 기쁨을 준 사람에게 꼭 감사하다는 표현을 하며 살아가십시오. 항상 그런 마음으로 사십시오."

수업을 마치자 학생들은 "감사합니다" 하고 한목소리로 답례했다. 나는 "내 말을 잘 들어주어서 감사합니다"라고 말했어야 했다는 사실을 까맣게 잊고 강의실을 나왔다.

건망증

대학원 강의 시간이었다. 내 연구실에서 티테이블을 중심으로 빙 둘러앉아 차를 마시며 수업을 하는데 학생들의 표정이 좀 뜨악하다. 수업이 재미없어서 그런가, 내 얼굴에 피곤기가 어려서 그런가 내심 불안하였다. 그런데 아뿔싸 찻잔을 내려놓다가 그만 나의 지퍼가 훤히 열린 사실을 발견하고 말았다. 흰 와이셔츠의 끝자락이 툭 삐져나올 정도로 좀 심하다 싶을 만큼 열려 있었다. 하늘이 노랗다는 말을 이때 처음으로 실감하였다. 재빨리 일어나 화장실로 달려가 한참 동안 호흡을 가다듬고는 돌아와 무슨 말을 하는지 모르게 허둥대다가 수업을 끝냈다.

그날의 충격은 너무도 컸다. 분명히 수업하기 전에 화장실에 다녀

온 적이 없었다. 집에서 옷을 챙겨 입을 때 지퍼를 올리지 않은 것이다. 내가 대학생일 때 한 노교수님의 바지지퍼가 열린 것을 보고 참 민망하다 싶었었는데, 나에게 이런 일이 일어나다니. 학생들은 이런 나를 어떻게 기억할까. 수업시간에 한 내용은 다 잊어버리고 감색 바지 사이를 비집고 나온 하얀 와이셔츠 끝자락만을 기억하게 되는 것은 아닐까.

마음이 무겁고 두렵기도 하였다. 이러다가 오늘이 며칠인지 무슨 요일인지도 잊어버리겠지. 친구의 얼굴도 잊어버리고, 자식 이름도 잊어버리겠지. 내 나이도 잊고, 내가 지금 어디에 있는지도 잊어버리고, 내가 누구인지도 모르고, 아주 캄캄한 저 세상으로 가는 것은 아닐까.

화장실에서 볼 일 보고 지퍼 올리는 것을 잊으면 건망증이고, 지퍼 내리는 것을 잊으면 치매라고 한다. 지퍼 내리는 걸 잊은 게 아니라 지퍼 올리는 것을 잊었으니 다행이기는 하지만, 정도가 심해진다 생각하니 너무도 염려스러웠다.

겪을 것은 겪으면서 가는 것이 인생인가 보다. 나와는 아무 상관없는 일이라 여겨졌던 일들이 차츰차츰 나에게 다가온다. 기쁘고 즐거운 일은 잠시 스쳐 버리고 슬프고 괴로운 일은 파도처럼 오고 또 온

다. 건망증은 딱히 어떤 감정이라고 짚어 말할 수 없지만 약간의 두려움을 동반한다. 해가 갈수록 건망증세의 빈도수도 높아지고 그 강도 또한 심해진다.

어떤 이는 신호등처럼 깜빡깜빡한다는데 나는 가물치처럼 가물가물한다. 우산을 가지고 나가서는 가져오는 법이 없다. 같은 사람에게 같은 이야기를 반복하는가 하면, 실컷 워드를 쳐놓고 저장키를 누르지 않아 낭패를 보기도 한다. 사람 이름도 가물가물, 한자도 가물가물, 영어 스펠링도 가물가물하다. 엘리베이터 앞에서 버튼을 누르지 않고 한정 없이 기다린다든가, 냉장고 문을 열고 내가 무엇을 찾으러 왔는지를 잊어버리는 일은 예사로 있는 일이다. 업은 애기 삼 년 찾는다더니 찻집에서 메뉴판을 들고 웨이터에게 메뉴판을 달란다든가, 내 휴대폰으로 누군가에게 전화를 걸어 내 휴대폰이 어디 있느냐고 찾기도 한다. 책을 읽으면 읽는 즉시 바로 앞 문장의 내용을 잊어버린다.

이런 일도 있었다. 오후 두 시쯤 연구실에서 화급한 전화를 받았다.

"교수님 계시네요. 교수님 차가 시동이 걸려 있어요."

오전 아홉 시에 출근을 했으니까 주차장에서 다섯 시간 동안 공회전을 하고 있었던 셈이다. 차에서 내릴 때 시동 끄는 것을 잊어버렸다. 특별히 급한 일이 있었거나 마음을 다른 데로 쏟을 만한 일이 있었던 것도 아니다. 햇빛은 강렬하게 내려 쪼이는데 불이나 났으면 어쩔 뻔했나, 시동은 켜 있는데 사람이 없으니 누가 몰고 가기라도 했으면 또 어쩔 뻔했나. 생각할수록 아찔한 상황이었다.

비타민 부족, 비장과 신장기능의 약화, 약간의 뇌손상으로 나타나는 현상, 스트레스 등등. 과학이 말하는 건망증의 원인은 수도 없이 많았다. 과학이니까 다 맞는 말일 것이다. 그러나 다 맞는다는 말은 다 틀리는 것이나 마찬가지다. 태어난 사람은 모두 죽는다는 사실처럼, 누구나 겪는 일이니 크게 두려워 할 일은 아닌 듯싶다. 아인슈타인도 말년에는 건망증을 피해가지 못하였다고 한다. 과학은 과학에 맡겨두고 자연에 가까워진 세월 탓으로 받아들이리라.

다만 건망증의 저돌적인 공격에 무방비상태로 사는 것보다는 할 수 있는 노력은 해보는 게 좋지 않을까. 매사 마음모음(Mindfulness)의 자세로 살아보는 건 어떨까. 무엇을 하든지 무엇을 하고 있다는

자각을 한다. 자동차 문을 열 때는 내가 지금 자동차 문을 열고 있음을 자각하고, 운전할 때는 운전에만 집중하고, 아내가 화가 나 있으면 왜 화가 났는지 연구하고, 숨을 들이 마실 때는 산소가 내 몸에 들어간다고 생각하고, 숨을 내 쉴 때는 내 몸의 원망, 분노, 두려움, 질투, 미움 등의 독을 내뿜는다고 생각한다. 길을 걷다가 하얀 개망초를 만나면 구천을 떠도는 영혼인지 극락왕생한 영혼인지를 물을 것이며, 얼마나 절절한 그리움을 가슴에 담아두었기에 머리 위에 저리도 검붉은 꽃잎을 피워 올렸느냐고 칸나에게 물을 것이다.

자연에 좀 더 가까워지면, 내가 건망증에 걸렸었다는 사실조차 잊어버릴 것이다. 건망증으로 크게 낭패를 보았더라도 건망증으로 낭패를 보았다는 사실을 잊게 될 것이다. 의도적으로 잊으려 하지 않아도 아주 자연스럽게 잊혀질 것이다. 그러다 보면 건망증도 추억이 되겠지. '내가 자연과 완전히 하나가 되는 순간, 아름다운 추억으로 기억되겠지!'

무우꽃

"나도 모르게 지었던 죄와 업보가
내가 피어낸 꽃처럼 하늘하늘 피어올라
사라지고 있었다."

주인 여자는 내 몸의 3분의 2를 잘라 숭덩숭덩 썰어서 동태조림으로 쓰고 가슴팍 위로 남은 파란 부분은 양파 당근 따위가 담긴 박스에 던져놓았다. 북쪽 베란다에 있는 누런 종이박스 안은 고래뱃속처럼 캄캄하고 차가운 바람이 시도 때도 없이 몰아쳤다. 나는 〈올드보이〉의 주인공처럼 영문도 모른 채, 어둡고 춥고 비좁은 곳에 던져진 것이다. 그가 자신의 과오를 일일이 노트에 적어내려 갔던 것처럼 나도 지난 세월 나의 잘잘못을 세밀하게 따져보았다. 마치 보리수 아래에서 피골이 상접하도록 고민하다가 인과응보법을 깨달은 부처님이 된 기분이었다. 내 몸이 잘리고 세상과 완벽하게 단절된 후에야 스스로의 업보에 대해 생각하기 시작한 것이다. 나의 업보가 얼마나 크기에 절반이 넘는 몸은 화탕지옥에 던져지고 남은 몸마저 생지옥에 던져졌겠는가.

그러나 아무리 생각해도 이처럼 크나큰 업보를 찾아낼 도리가 없었다. 그저 그날그날 일용할 양식을 구하는 마음으로 산 것뿐이다. 누구를 원망해야 한단 말인가. 누구를 믿고 살아야 하나. 나는 한동안 울음으로 밤낮을 보냈다. 그리고 절망 속에서 죽은 듯이 잠을 잤다. 자다가 일어나서 울고, 울다가 지쳐서 잠에 들곤 하였다. 그러다가 문득 물고기가 요나를 사흘 동안이나 삼키고 있었다는 성경 이야기가 생각났다. 물고기는 그가 신에게 간절한 기도를 올리고 나서야 그를 뱉어내었다고 한다.

신이시여! 내가 알지 못하는 모든 죄를 용서하시고 나를 구하소서. 나는 내 죄가 무엇인지도 모르면서 절절하게 기도를 드렸다. 깊고 간절한 마음은 닿지 못할 곳이 없다고 하지 않았는가. 그런데 기도를 시작한 지 사흘째 되던 날부터 놀라운 일이 벌어졌다. 두려움이 없어지고 살아야 한다는 욕망이 솟구쳤다. 살 수 있다는 희망의 빛이 환시처럼 떠올랐다. 그리고 마치 누가 가르쳐주기나 한 것처럼 이 고통이 '나에게 주어진 길'이라는 생각이 들었다. 누군가 바로 옆에서 귀에다가 속삭이는 것처럼 너에게 주어진 고통을 즐겁게 받아들이라는 소리가 들렸다. 마침내 나는 몸에서 잘려나간 3분의 2에 대한 고통보다 비록 생지옥에 던져졌더라도 살아남은 3분의 1이 있음에 너무도 감사했다. 아, 아직도 내 몸이 이만큼이나 남았구나! 이 얼마나 감사한 일인가. 남은 몸으로도 나는 얼마든지 내 남은 날을 살아갈 수 있어. 죽기 살기로 추위와 싸우고 어둠과 싸웠다. 추위에 몸이 얼지 않도록 몸을 이리저리 움직이며 가능한 한 머리 쪽으로 수분을 모으기 위해 가슴팍에 힘을 주었다. 다행스럽게도 누군가 이 힘든 싸움을 도와주고 있다는 생각이 들었다. 싸움에 익숙해져 가고 있을 무렵, 아마 춘분이었을 것이다. 나는 노란 싹 몇 가닥을 세상 밖으로 내밀었다.

그러던 어느 저녁이었다. 주인 여자가 심드렁하게 나를 바라보았다. 그녀는 원래 말이 없었다. 그녀는 박스 안의 비좁은 틈바구니를 헤집어 나를 꺼내들었다. 그리고는 둥근 접시에 짤막하게 남은 내 불구의 몸을 놓고 물을 부어서 남쪽 베란다로 옮겨놓았다. 그것은 주인 여자가 나에게 처음으로 보인 인자함이었다. 나는 천 개의 손을 뻗어 햇빛을 받았다. 천 개의 가슴을 열어 바람을 맞이하였다. 모든 세포를 열어 공기를 빨아들였다. 그리고 가늘고 애잔한 연둣빛 꽃목을 멋지게 뽑아 올려 연보랏빛 꽃을 하늘하늘 피워냈다.

　뚜욱뚜욱 목련꽃이 무참하게 떨어지던 사월 어느 날 아침이었다. 주인 여자가 나를 보자마자 함성을 질렀다. 나를 도로 그 춥고 비좁은 곳으로 데려갈까 싶어 가슴이 두근두근하였다. 아침잠을 즐기던 주인 사내가 놀란 눈으로 튀어나와 무슨 일이냐고 물었다. 주인 여자는 대답대신 나를 가리켰다. 햇볕이 드는 곳에 옮겨놓으면 이파리는 잘 자라겠지만 꽃을 피워낼 줄은 몰랐다면서, 주인 여자는 즐거운 듯이 사방에서 내 모습을 휴대폰 카메라에 담았다. 나는 순간 어리둥절하였지만 곧 안도하였다. 주인 사내의 놀란 눈이 그녀의 뜻밖의 모습에 더 튀어나오는 듯하였다.

　　"장다리꽃이 피었네."
　　"참 아름다운 질주일세."

그들이 나를 앞에 두고 나눈 대화를 들은 순간, 나는 하마터면 울음보를 터뜨릴 뻔하였다. 주인 여자가 나를 '장다리꽃'이라고 불러주었을 때, 그리고 주인 사내가 '아름다운 질주'라고 표현했을 때, 토막난 몸으로 박스 안에서 싹을 틔우고 꽃을 피우기까지의 그 모든 고통이 연기처럼 사라졌기 때문이다. 그토록 간절했던 기도의 응답이었을까. 내가 그 동안 나도 모르게 지었던 업보가 내가 피어낸 꽃처럼 하늘하늘 피어올라 사라지고 있었다.

설거지

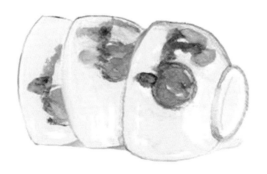

"아이들은 이 그릇에 담긴 밥을 먹고
머리가 자라고 키가 자랐다."

빨간 고무장갑을 끼고 개수대 앞에 서면 설거지 그릇이 산더미 같이 쌓여 있어도 두렵지 않다. 여름철에는 피부에 닿는 시원한 맛이 좋고, 겨울철에는 코끝을 간질이는 따뜻한 맛이 좋다. 무엇보다 설거지를 마친 뒤의 개운한 느낌이 좋다.

기름기 있는 그릇과 기름기 없는 그릇, 큰 그릇과 작은 그릇, 눌어붙은 그릇을 구분하여 놓는다. 기름기 있는 그릇은 키친타월로 기름기를 닦아내고 개수대에 넣고 미지근한 물을 뿌려둔다. 맨 밑에 큰 그릇을 놓고 점점 작은 그릇을 차곡차곡 쌓아놓는다. 헹굴 때에는 작은 그릇부터 한다. 눌어붙은 그릇은 미지근한 물에 소량의 세제를 풀어 불려 놓는다. 이렇게 밑 정리를 해두고 순서를 지켜서 설거지하면 훨씬 물도 절약될 뿐만 아니라 설거지가 손쉬워진다.

물로만 씻어도 되는 기름기 없는 그릇은 길 가다가 천 원을 주은 것처럼 횡재한 기분이 든다. 쏴아 쏴아! 물세수만으로도 그릇은 아기 얼굴처럼 뽀얘져 해맑은 미소를 짓는다. 음식이 담겨 있을 땐 보이지 않던 그릇의 모양과 무늬와 빛깔이 하나하나 드러나는 모습을 보고 있노라면 바다를 처음 본 것처럼 경이롭다.

보름달 같은 접시, 바위처럼 근중한 대접, 밥주발은 지체 높은 귀족 같고, 종재기는 깊은 산속 옹달샘 같다. 푸른 하늘에 풍덩 빠진 유리그릇은 얼음 호수처럼 반들거린다. 개수대 안에서 매, 난, 국, 죽, 해바라기, 연꽃이 피고, 딸기, 포도, 사과, 대추가 열린다.

알싸한 도라지 향과 고소한 깻잎 냄새가 어우러져 공중으로 흩어진다. 배추김치 그릇에서는 아삭아삭 소리가 나고, 총각김치 그릇에서는 우적우적 소리가 난다. 찌개를 끓이다가 태워버린 냄비의 까만 자국을 지울 때는 뽀드득뽀드득 싸락눈 밟는 소리가 난다.

틱낫한 스님은 설거지할 때에는 설거지하는 일에만 집중하라 하였다. 그런데 나는 자꾸 이런 저런 상념이 떠오른다. 항상 붙어 다니며 서로 손이 되고 발이 되는 수저를 보면 평생을 행복하게 살아가는 부부처럼 느껴지고, 날카로운 생선가시가 박힌 찌꺼기를 보면 산다는 건 어쩌면 가시를 몸속에 두고 사는 것인지도 모른다는 생각이 든다.

가지 끝에 홍시 하나 걸린 그림이 그려져 있는 밥공기 세 개. 이 녀석들은 우리 세 아이의 어릴 적 밥공기였다. 아이들은 이 그릇에 담긴 밥을 먹고 머리가 자라고 키가 자랐다. 이 밥의 힘으로 내를 건너고 바다를 건넜다. 나는 이 밥공기에 그려진 홍시만 보아도 아이들과 함께 살았던 어릴 적의 환한 기억이 떠오른다. 아내가 다른 그릇은 새것으로 바꾸면서도 이 세 개의 밥공기만은 늘 간직하는 이유도 그

때문일 것이다. 지금은 아이들 모두 제자리를 찾아 우리 곁을 떠났지만, 밥공기가 우리와 함께 있는 한 아이들은 늘 우리 곁에 있는 것이다. 우리 아이들도 비바람 찬서리 다 이겨내면 떫은 맛을 덜어내고 하얀 분을 바른 홍시처럼 익어가겠지.

조심스럽게 작은 그릇부터 차례차례 건조대에 올려놓는다. 큰 그릇이 작은 그릇을 포근히 감싸고 있는 모습이 간고등어처럼 다정해 보인다. 나도 저와 같이 안이 되거나 바깥이 되거나 하였으면 좋겠다. 비어 있기에 저렇게 평화롭게 안기고 안을 수 있는 거로구나.

행주로 개수대 주변의 물기를 쓱쓱 닦아내고 마른 수건으로 손의 물기를 닦는다. 세월의 두께에 켜켜이 쌓인 내 마음의 때도 벗겨진 느낌이다. 잠시 고요가 찾아온다. 가을걷이를 끝낸 들판의 적요 같은 고요가 나에게 다가온다. 고요가 층층이 쌓인, 행복도 불행도 없는 순간이다.

머지않아 저 그릇들은 수런수런 휴식에서 깨어날 것이다. 뜨겁다고 탓하지 아니 하고, 맵다고 찡그리지 아니 하고, 음식을 담아내는 일과에 열중할 것이다.

구더기
점프하다

"이놈 봐라. 점프를 하네."

택배가 왔다. 상자를 열자 예쁜 글씨가 먼저 인사를 한다. '첫 농사라서 그런지 좀 부실해. 그래도 안심할 만한 먹거리야' 아내 친구가 보낸 상자 속에는 단호박이 꽉 차 있고, 틈서리마다 길쭉한 고구마들까지 끼워져 있었다.

아내는 호박죽을 한다며 곧바로 단호박을 쪼개기 시작하였다. 호박이 얼마나 단단한지 칼이 잘 들어가질 않나보다. 나에게 지원 요청을 한다. 나는 아예 상자를 거실 한복판에 갖다놓고 거사를 벌였다. 첫 번째 호박을 갈랐다. 그런데 때깔 좋은 황토 빛 속살에 호박씨는 한 개도 보이지 않고 구더기가 바글바글 슬었다. 녀석들은 엄마 뱃속의 태아처럼 웅크리고 있었다. 영양상태가 어찌나 좋아 보이는지 갓 지은 햅쌀밥처럼 윤기가 좔좔 흐른다. 시퍼런 칼날에 소스라치게 놀랐을까. 갑자기 열린 세상에 눈이 부시었을까. 잠시 후 그중 한 마리가 힘껏 점프를 하며 호박 속에서 나왔다. 나머지 구더기들도 덩달아 점프를 하였다.

"이놈들 봐라. 점프를 하네."

"뭐야, 구더기?!"

아내는 점프까지 해대는 구더기를 보고는 질겁을 하더니 혹시 다른 호박은 괜찮을지 모른다면서 모두 갈라보라고 하였다. 기대와는 달리 다른 호박에서도 구더기들이 통통 튀어나왔다. 수십 마리의 구더기들이 단체로 점프하는 광경을 생전 처음 보게 된 우리는 마주보고 그저 웃기만 하였다. 구더기들은 몸을 활처럼 휘었다가 그 반동으로 점프를 해대고 있었다. 애기 손가락처럼 오동통하게 살이 오른 구더기들이 귀엽다는 생각까지 들었다. 충격과 아쉬움을 뒤로 하고 빗자루로 살살 쓸어 모아 검은 비닐봉지에 담았다.

그리고 며칠이 지났다. 아마 일요일 아침이었을 것이다. 거실 창가에 앉아 커피를 한 잔 마시려던 참이었다. 커피 잔이 들려져 있는 손 주위에 난데없이 파리 몇 마리가 알짱거린다. 추운 날씨에 웬 파리!? 하고는 베란다의 방충망을 열고 밖으로 내쫓았다. 파리들은 서리가 하얗게 내린 겨울 속으로 사라졌다. 다시 소파에 앉았다. 어디에 숨어 있었는지 파리 한 마리가 날아와 찻잔을 든 내 손등에 앉는다. 본능적으로 손등을 쳐버리려는 순간, 파리가 앞발을 싹싹 비비고 있는

모습이 눈에 들어왔다. 왠지 측은한 마음이 들어 파리와 함께 살기로 하였다

어느덧 상자 속의 호박도 고구마도 다 먹었다. 그러나 파리 한 마리는 여전히 우리와 함께 살았다. 파리와 우리 가족이 서로 익숙해질 무렵이었다. 파리를 귀찮아만 하던 딸이 질문을 했다.

"아니, 어떻게 구더기가 호박 안에서 태어난 거예요? 파리가 어떻게 호박 속에 들어가 알을 낳았지?"

나도 한동안 의문을 풀지 못하고 있다가, 불현듯 산속에 집을 짓고 주말에는 자연을 벗 삼아 전원생활을 하는 동료를 생각해내고 즉시 전화를 걸었다.

"파리는 알에서 애벌레, 번데기, 파리로 네 번의 탈바꿈을 해야 하지요. 그런 고통을 겪으면서 자손을 보존하는 지혜가 나왔을 겁니다……. 파리가 호박의 단단한 껍질을 뚫고 알을 낳는 게 아니에요. 꽃 속에 알을 낳지요. 꽃이 수정을 하여 열매를 맺으면 자연히 알이 열매의 중심부에서 애벌레로 변태를 합니다. 그 애벌레인 구더기가 열매 속에서 살면서 열매의 어느 한 부분이 썩어요. 그 약한 부분을

뚫고 나와 번데기가 되고, 파리가 되어 날아오르는 것이지요. 그래서 요즘 농산물이나 과일은 꽃에다가 엄청난 농약을 친답니다."

왜 아내의 친구가 호박과 고구마를 보내면서 안심할 만한 먹거리라고 써 보냈는지 새삼스럽게 깨달았다. 점프를 하던 구더기들이 농약을 전혀 치지 않았다는 증거였던 셈이다.

자연에 대해서는 만물박사인 내 동료가 처음 전원생활을 할 때에도 집 앞의 텃밭에 채소 이외의 다른 풀이 자라지를 못했다고 한다. 전 주인이 늘상 농약을 뿌려대고 제초제를 뿌렸기 때문이란다. 삼 년 여를 퇴비만 주다보니 땅이 이제금 제 모습을 찾아간다고 하였다. 곤충들이 모이고 개구리가 모이고 뱀이 모이고 해서 더불어 함께 산단다. 상추나 깻잎이 자라면 녀석들이 먼저 먹고 자신은 나중에 먹는단다. 그러면서 사람이 우주의 주인이 아니라고 했다. 그는 식물이든 곤충이든 모두가 함께 어우러져 사는 우주 공동체라며 껄껄 웃었었다.

"그러면 우리는 진짜 좋은 호박을 먹은 셈이네요."

마침내 딸이 의문이 풀렸는지 활짝 웃는다.

"그럼 호박을 구더기와 나누어 먹기도 했지. 그리고 보면 너희 엄마

친구부부 말야. 참 대단한 양반들이셔. 사람만 먹겠다고 농사를 짓는 게 아니잖아.”

"사람만 먹겠다고 농사를 지으면 결국 사람만 외로워지겠지요."

옆에서 얘기를 듣고 있던 아내가 한 마디 거들었다.

부엌과 방안을 제 집처럼 휘젓고 다니던 파리가 어느새 거실로 날아와 앉았다. 여전히 앞발을 싹싹 비비고 있다. 녀석이 구더기였을 때 열심히 점프를 하던 모습이 떠올라 한결 더 마음이 너그러워졌다.

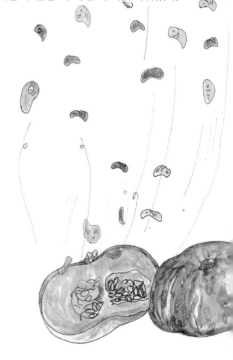

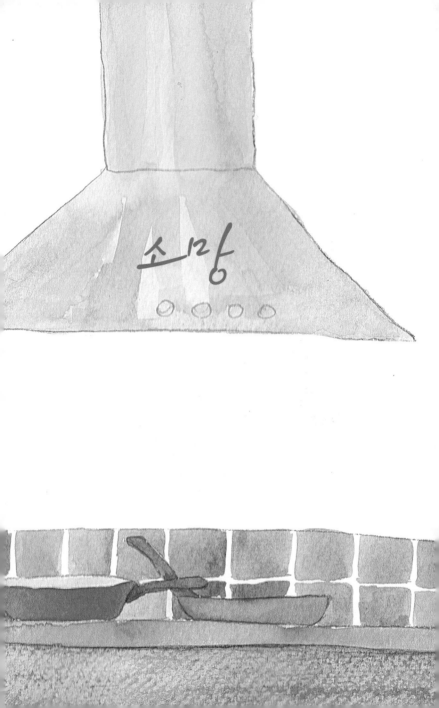

내 인생의
양념들

요리할 때 달콤한 설탕만이 쓰이는 것은 아니다.

쓴맛, 짠맛, 단맛, 신맛, 매운맛, 떫은맛…

부엌에 있는 갖은 양념들을 보다가 엉뚱하게도

내 인생에 쓰디 쓴 맛을 보게 해준 사람들이 생각날 때가 있다.

자연숙성 간장을 보면/인간숙성/이 떠오르고

사과식초를 보고 있으면/사과해줬으면/하는 사람들이

떠오르기도 한다.

작년 여름, 나는 인생의 쓴맛을 맛볼 대로 맛보고

믿었던 친구들의 외면에 가슴 아파하고 있었다.

내가 힘들고 어려울 때 손을 내민 사람은

내가 가족같이 여겼던 친구들이 아니라,

정작 바쁘다는 핑계로 연락도 자주 못 하던

한 후배였다.

누군가 내 인생에 쓴맛을 잔뜩 뿌려도

다른 누군가는 달콤한 맛으로 위로해 준다는 것을

그때 배웠다.

먼 곳에 있어 운이 좋으면 일 년에 한 번 볼까 말까 한 그 후배에게
만날 때마다 항상 적어 주는 말이 있다.

잘 웃고

잘 울고

잘 먹고

잘 싸고

잘 사랑하고

잘 살다

또 보자

다음에 이 쪽지를 전해줄 때면
부엌의 양념들처럼 내 인생도 골고루 제 맛을 내고 있었으면 좋겠다.

희희정희 👑

일러스트에 '인간숙성양조간장'과 '사파해줘'가 너무 위트 있네요ㅎㅎ 저는 제 사람들에게 살맛 가득하게 분위기 살리고, 기분 살리고, '살리고올리고당' 같은 사람으로 기억되면 좋겠어요^^

솔바다

미안해 할 줄 알고 고마워 할 줄 알며 남의 탓하지 말고 사과할 줄도 아는 그런 사람에게선 장미꽃 향기가 나겠지요.

브리

희희정희 님) 눈썰미가 정말 예리하시네요! 알아보시는 분이 계실까 궁금했었는데 '살리고올리 고당' 같은 사람으로 기억되면 좋겠어요.^^
솔바다 님) 미안하다 고맙다 소리 잘하는 사람들에게는 오히려 고마워하게 됩니다. 장미꽃 향이 나는 사람이 되기까지는 정말 인고의 시간과 노력이 필요한가 봐요.

가장낮은곳에

자연숙성 간장을 '인간숙성간장'으로, 사파식초를 '사파해줘 식초'로 그려낸 브리 님의 센스에 감동을 받았습니다. 브리 님의 글을 읽으면서 내 인생의 양념들에 대해서 되돌아보았어요. 지금 내 옆에 있는 양념 같은 존재들에게 감사하며, 나 또한 그들에게 골고루 제 맛을 내는 존재가 되도록 노력해야겠습니다. 감사합니다.^^

에플그루

전 요즘 먹는 건 짠데 사는 건 밍밍하네요-.-;

쭝아♥

어린 시절 인생의 쓴맛을 보았다고 느꼈던 기억이 나네요. 정말 세월이 지남에 따라 인간숙성 양조간장이 꼭 필요할 것 같아요.

브리

가장낮은곳에 님) 잘 보시면 '순의리'후추도 있어요. ㅋㅋㅋㅋ 막상 저 이야기의 모델이 된 후배는 자신이 미화되었다면서 쑥스러워하였지요. 도움의 손길은 믿었던 사람보다 엉뚱한데서 온다는 것을 알게 된 사건이었지요.
애플그루 님) 표현이 너무 재미있어요. 이젠 싱겁게 드시고 즐거운 일 잔뜩 생기시길 빌어요.^_^
쭝아♥ 님) 반갑습니다. 이 세상에 인간 숙성 양조간장이 있어서 한 스푼 먹을 때마다 정말 인간적으로 성숙해질 수 있다면 참 좋을 것 같아요. 불티나게 팔릴 텐데 말이죠^^

나도
　화사해지고
싶다

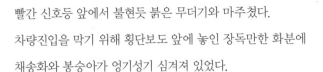

빨간 신호등 앞에서 불현듯 붉은 무더기와 마주쳤다.

차량진입을 막기 위해 횡단보도 앞에 놓인 장독만한 화분에

채송화와 봉숭아가 엉기성기 심겨져 있었다.

만원버스에 시달린 데다 약속시간에 늦은 터라

붉은 색이 반갑지 않다.

살짝 말라 있는 꽃잎 하나하나가

쌀쌀한 바람 사이로 내리쬐는 가을 햇볕에

찡그린 얼굴같이 보인다.

"이 놈의 신호는 왜 이렇게 길어?"

괜히 발로 화분을 툭툭 치다가 조금 더 꽃들을

살펴보기로 했다.

명절날, 시골에 가면 여느 밭 언저리에, 외양간 근처에

싱그럽게 피어 있던 채송화,

가을이 시작될 무렵, 외할머니가 백반과 함께

콩콩 찧어 열손가락에 물들여주시던 봉숭아,

첫눈이 오기 전까지 봉숭아물을 남겨두려고

손톱을 아껴 깎던 기억에 피식~ 웃음이 난다.

이 둘의 얼굴을 이렇게 찬찬히 들여다보는 것이

얼마만인지 모르겠다.

찡그린 줄만 알았던 꽃잎들이 화사하게 붉다.

아~~~~나도 화사해지고 싶다!

어느새 바뀌어 있는 푸른 신호가 왠지 아쉽다…

qorrha 👑
짜증나던 마음이 화사한 꽃과 함께 저 멀리 어딘가로 갔네요... 바뀌지 않던 신호등에 짜증나는 게 아니라 바뀐 신호등에 아쉬워하는 그 마음이 참 와 닿네요^^

브리
아~짜증나던 마음이 화사한 꽃과 함께 저 멀리로 갔다는 멘트에 반했어요!

전직미녀
첫눈이 오기 전까지 봉숭아물을 남겨두려던 마음. 기억이 새록새록 나요. 근데 지금 첫사랑과 쭉 갈 거냐고 물으면 지금은 no예요. ㅋ 그래도 풋풋하니 기억이 나네요. 색감이 참 예뻐요...

브리
ㅎㅎ 첫사랑은 첫사랑이어서 좋은 거겠죠? 이제는 무슨 꽃물을 들여야 마지막 사랑이 이루어지는지 궁금하네요.^_^

울라울라
지금 몇 번째 보고 또 보고 그러네요. 그림이랑 글의 느낌이 너무 좋아서요. 다음 작품도 기대하고 있을께요.

브리
울라울라 님) 감사합니다. 닉네임 보면 자꾸 짱구의 울라울라 춤이 생각나서 킥킥 웃음이 나요. ㅎㅎㅎ

박재경
제가 보내드린 가방 잘 받으셨죠. 작품 활동에 도움이 됐으면 좋겠네요.

브리
재경 님) 기다렸습니다. 보내주신 할아버님의 가방 감사히 받았습니다. 부족하지만 그림으로 그려 보았습니다. 재경님을 위해 그린 일러스트입니다. 곧 바로 보내드릴께요^__^

비우고 맑히기
옛날 생각나게 하는 글과 그림이네요.. 초등학교 때 작고 가난한 내가 싫어서 시를 지어도 보았던 채송화. 작지만 아름답고 강한 채송화가 좋았는데...

브리
아! 채송화는 정말 강한 아름다움이 있어요. 어떤 시를 지으셨는지 궁금해요. 저의 아버지의 시 채송화에도 '낮은 흙담 밑에 웅크리고 앉아/무슨 잘못이라도 저지른 양/새파란 입술을 바르르 떨고 있는 채송화'라는 구절이 있어요. 비우고 맑히기 님의 어린 시절 모습을 상상하게 되네요.

만원의 행복

Brie

만원의 행복 이벤트에 당첨되었다.

모기업의 '만원으로 누릴 수 있는 행복'

아이디어를 내는 이벤트에 다른 사람들의 공감을 얻어

당첨이 된 것이다.

상으로는 스타벅스 커피를 받았다.

작은 일인데도 하루 종일 기분이 좋다.

단 돈 일만 원은

케이크를 사기도 애매하고 옷을 사기도 애매한 금액이다.

맛난 걸 사먹기에는 너무 나 혼자만을 위하는 것 같아

결국 국화를 한아름 사다가 신발장 위에 두고 가족들과 함께

즐기는 아이디어를 내었다.

국화는 오래가면서도 향이 은은하여 사람을

편하게 하는 매력이 있다.

서쪽 현관을 노란 색으로 장식하면 금전운이

좋아진다는 말에 노란 국화를 갖다 놓아

정말 돈이 생긴 적도 있었다^--^

국화를 신발장에 놓으면 가족들이

더 좋아라 한다.

외출을 할 때는 환한 꽃잎들이 배웅해주고

귀가를 할 때는 편안한 향기가 반겨주어

집 안이 더욱 아늑해진다.

이제는 커피까지 얻었으니

만원으로 산 소담한 행복이 국화만큼이나 오래가는 것 같다^^

더 이상 국화의 아름다움을 즐기지 못하게 된
연평도 희생자들과 그 유가족에게 애도를 표합니다.

몬도홀릭 👑
저 있는 플라워 다 드리고 가요— 아래 국화..보고 또 봐도 참 마음이 아립니다.

브리
흰 국화 그리면서 많이 찡하더라고요. 저도 이렇게 안타까운데 그 가족들은 어떨지... 말로 표현할 수 없는 슬픔이 이런 거겠죠?

눈꽃송이
브리 님의 글을 읽다 보니 저는 소담한 행복감을 언제 느껴 보았나 돌아보게 됩니다. 그동안 너무 큰 행복만을 바라고 살지는 않았나 싶어요. 빨강머리 앤에 나온 대사처럼 정말로 행복한 나날이란 멋지고 놀라운 일이 일어나는 날이 아니라 진주알들이 한 알 한 알 한 줄로 꿰어지듯 소박하고 자잘한 기쁨들이 조용히 이어지는 날들인 것 같아요.

브리
눈꽃송이 님〉 빨강머리 앤--^^참 좋아하는 애니메이션이었는데! 눈꽃송이 님! 지금 진주알이 하나하나 꿰어지듯 소박한 나날들을 보내고 계신가요? ㅎㅎ

부폰
저희 아버님이 화원을 하시는데 화원 서쪽에 노란 꽃 종류를 다 진열해놓으시라고 전해드려야겠네요? ㅋ 내년에는 금전운이 대박이겠는데요. ㅋ 감사합니다.

브리
이렇게 실행에 옮기시는 분들! 멋지십니다. 화원이 분주해지시기를 바랍니다.

달맞이꽃
브리 님! 이따금 브리 님의 글을 읽을 때마다. 화들짝 놀란답니다. 만원 한 장으로도 몇 배의 행복을 누릴 수 있는 따뜻한 심성과 정서를 지닌 젊은이라는 사실에 놀랍고, 그 소재가 온 가족이 드나들며 바라볼 수 있는 노란 국화 한다발이라는 것에 감동합니다. 우리가 사는 목적은 행복이지요. 참된 행복은 스스로 만들어가는 것이라고 할 때, 브리 님은 충분히 참된 행복을 누릴 줄 아는 사람이고 또 우리에게 그 방법을 자연스럽게 알려주는 전도사이지요. 이것이 인터넷 상의 순기능이 아닐까 합니다. 님의 글을 읽다보니 커피가 식었네요^^ 식은 커피를 음미하면서도 국화 향기 집안으로 들어 와 행복지수를 높여가는 님의 따뜻한 심성에 훈훈한 가슴 뎁히고 나갑니다.

브리
시인이신가 봐요. 단어 하나하나 표현 하나하나에도 남다른 포스가 느껴집니다. 전에는 〈파란 시간〉이란 인상 깊은 표현도 해 주셨지요. 좋은 말씀 감사히 새기겠습니다.

My favorite things

화이트초콜릿으로 장식한 딸기무스케이크와
하늘색 땡땡이 숟가락

빈티지 가게에서 보물찾기한 가죽가방

재산목록 1호 카메라와
작은 사치를 부리고 싶을 때 마시는 페리에 레몬…

빨간 무당벌레가 달린 꽃귀걸이

슈에무라의 보라색클렌징 오일과 토끼인형

스각스각 커피원두 가는 소리

갓 자고 일어난 샘의 부스스한 털과 말라 있는 코의 감촉…

정독 도서관 길의 떡볶이 집

아몬드가 들어간 아이스크림

짐승남이 나오는 액션 영화

눈 오는 날 이불 속의 달콤한 온도…

추위에 약한 나는 겨울이 못 견디게 싫다.

봄은 황사 때문에, 여름은 습기 차서 싫고 그나마 좋아하는

가을은 너무 짧아서 억울하다. 이건 이래서 저건 저래서

투덜대고 싶은 일이 잔뜩이지만 주위를 둘러 보면

우울하고 짜증나는 일만큼이나 좋아하는 일,

나를 기분 좋게 해주는 것도 많다 ^_^

매일 매일

My favorite thing 하나씩을 더 만들어 나가야겠다.

여러분의 Favorite Thing은 무엇인가요?

사랑은 있어 👑

브라운 계열을 좋아해요. 좋아하는 부츠 색상도 브라운이거든요. 사랑초, 물도 한 방울 안 줬는데 겨우내 조용하다가 막 피어서 신기했어요. 한 번 키워보세요. 키우기 쉬운 식물 중 하나라 키울만 하실 거예요. 진바이올렛 색상의 이파리 사이로 작은 연핑크 꽃이 피는데 색감도 이뻐요^^

브리

저도 검정보다는 브라운 가죽이 더 좋더라고요~ 멋진 부츠 신고 겨울 예쁘게 보내시겠어용! ㅎㅎ 사랑초는 물을 많이 좋아하는 식물이 아닌가 봐요. 지금 컴퓨터 주변에 놓을 식물을 찾고 있는데 선인장마저 다 죽어버려서 고민 중이었거든요. 사랑초로 도전해 봐야겠습니다~~^^

이거봐봐라

브리 님의 글이 그림을 더욱 빛나게 하는 거 같아요. 어쩜 글도 이리 잘 쓰시는지*-*

mmjwon

마이 훼이보릿은, 직화냄비에서 갓 구운 고구마! 엄마가 주신 40년 된 가죽가방! 그리고 마지막으로 나의 허즈번드 ㅎㅎㅎㅎ

브리

이거봐봐라 님〉 안녕하세요? 반갑습니다. 닉네임 때문에 한참 웃었습니다. 넘 귀엽네요^_^
mmjwon 님〉 마지막으로 나의 허즈번드에서 빵 터졌습니다.ㅋㅋㅋ

박재경

뭐니 뭐니 해도 제가 가장 좋아하는 물건은 헌책방에서 사온 책입니다. 싼 값에 책을 산다는 것도 좋지만 가끔 예상치 않은 물건들이 나오거든요. 예를 들면 잘 말려놓은 꽃들이나 교도소에서 주고받은 옛날 편지 같은 것들이오. 교도소에서 주고받은 편지는 검열자가 찍혀있었고 봉투 겉면에 편지를 썼어요. 그리고 70년대에나 나올 법한 순수하고 촌스러운 사랑표현은 저에게 너무나 소중한 보물이에요.

브리

앗! 교도소! ㅋㅋㅋ 교도소라는 글자만 읽고 갔다 오신? 줄 알았는데 자세히 읽어보니 헌책방에서 얻으신 거군요. 저도 헌책을 살 때가 있는데 주로 곰돌이 푸우의 클래식버전이라든지 동화책들을 주로 사서ㅋㅋㅋ 그런 편지를 얻는 경우는 없었어요. 그리고 이런! 슬램덩크를 제 페이보릿 리스트에서 빼놓다니요! 왕왕 광팬인데! "왼손은 거들 뿐!" 명대사죠^^ 지금까지 열 번은 읽은 것 같아요. 강백호랑 서태웅 대박! 원작의 일본이름은 하나미치X루카와잖아요. 그들의 팬카페도 들고 그랬다는...ㅋㅋㅋ

첫날

여섯 살에는 동네 할머니들의 칭찬에 힘입어

화가가 되는 것이 꿈이었고

아홉 살 무렵에는 그저 돈 많은 부자가 되고 싶었다.

종합병원이란 드라마를 방송할 때는 잠시 의사를 꿈꿨으며^^

한동안 홍콩무술 영화에 빠져 중국어를 배우려고 한 적도 있다.

스무 살에는 번지점프가 세상에서 제일 신나 보였고

꼭 해봐야 할 일 목록에는

항상 스카이다이빙이 들어 있었다.

내가 그저 동네꼬마 혹은 누구네 몇 째라는 타이틀과

스펙만으로도ㅋㅋ

충분했을 나이에는 하루가 참으로 길었다.

한참을 놀아도 해가 지지 않았다.

그렇게 느리고도 어린 시간이 끝나 버리고

나는 번지점프는커녕

어느새 놀이공원의 바이킹에도 심장이 덜컹하는

겁쟁이 어른이 되어 있다.

사실 무서워져 버린 것은 바이킹만이 아니다.

모든 게 무섭다. 아침도 무섭고 내일도 무섭다.

어른들의 시간에서는 조금만 놀아도 금방 해가 진다.

나는 지금 가난하고

피카소만큼 유명한 화가도,

종합병원의 잘 나가는 의사도 아니며 중국어도 못한다.

어린 내가 가장 이해 못 하던 재미없는 어른…

그리고 참 답답한 어른이다.

이룬 게 없는 것 같아 새해 첫날이 초조하다.

10년 후에는 오늘 같은 후회를 반복하지 말아야지~~ 다짐해본다.

희망은 숨어 있는 것

내일은 오늘보다도 더 나은 첫날이기를

상상으로 👑
브리 님 항상 복 많이 받으세요^^ 토끼...귀여워요! 코를 금방이라도 뺑긋뺑긋 할 것 같은데요^^ 희망은 숨어 있는 것이란 말이 참 좋습니다. 브리 님은 매일 첫날로 살고 계시지요.

브리
요즘 무슨 종결자라는 말이 유행하잖아요. 고민 종결자가 되고 싶은 오늘이 바로 첫날입니다. 상상으로 님도 매일 매일 복 많이 받으시고 상상하는 모든 것이 현실로 이루어지기를 빕니다.

울라울라
브리님의 토끼들이 너무 귀엽네요. 어릴 적의 중국어랑 번지점프 이야기나, 고민하는 모습이나 참 남 같지 않아서 웃어야 할지 모르겠지만 말입니다. 저도 올 해는 고민종결자가 되고, 행동하는 한 해가 목표예요. 힘 많이 내셔서 좋은 작품 많이 올려 주세요.

브리
올 해 같이 고민종결자가 되어볼까요?ㅋㅋㅋㅋ

아리스토틀
우리 모두 숨어 있는 희망을 찾아요/희망이 없는 삶은 마른 풀잎처럼 시들어 버리니까요/우리 희망을 찾아 멀리 떠나지 말아요/언제든지 싱긋 웃어주는 미소와 복을 빌어주는 말이/내 입술 안에 숨어 있잖아요/내가 지금 즐겁게 할 수 있는 일이/내 손 안에 숨어 있잖아요/내가 지켜주어야 할 사람을 위하여/나 자신이 더 이상 내려갈 곳이 없을 때까지/굽혀야 할 마음이/내 가슴 저 밑바닥에 숨어 있잖아요.

브리
마른 풀잎처럼 시든 삶은...매우 고통스러운 삶이겠지요. 마이클럽의 많은 분들이 결혼으로 고통받는 글을 올리는 걸 봐왔습니다. 많은 분들이 고민하고 또 이곳에 자신의 고통을 토로하는 것은 다른 사람이 내 얘기를 들어주고 공감해주면서 숨어있는 희망을 찾기 위해서인 것 같아요. 결국 고민글에 대한 선영님들의 조언도 지켜줘야 할 가족과 가정의 따뜻함에 대한 것이 많더라고요^^ 아리스토틀 님의 글을 읽으니 미소와 말과 마음만으로도 희망을 찾을 수 있을 것 같네요. 맑은 글이 참 예쁘게 울려퍼집니다. 고맙습니다. 새해 복 많이 받으시고 앞으로도 이렇게 멋진 댓글 부탁드립니다.

4월 스케치

봄은 뜨거운 사랑이다. 삶에 대한 뜨거운 사랑.... by Brie

꽃이 피었다. 봄꽃이다.

제비꽃, 목련… 이팝나무… 벚꽃… 이름 모를 꽃까지

모두 피었다. 참 예쁘다. 그리고 참 뜨겁다.

얼마나 살고 싶으면

얼마나 삶을 사랑하면

저렇게 어김없이 싹을 틔우고 꽃을 피울까…

삶을 사랑한 씨앗만이 싹을 틔우고

삶을 사랑한 싹만이 꽃을 피우는 것 같다.

그들의 본능이 부럽다.

교과서 같은 삶을 살아가는 친구들이 있다.

반듯하게 자라 바른 길을 간다.

삶의 정답을 만들어 가는 사람들도 있다.

정석은 아니지만 자신만의 길을 간다.

그들의 길이 부럽다.

4월… 찬란한 생명들 앞에서 나는 너무나 초라하다.

잘 그리고 싶은 마음도 버리고
좋은 평가를 받고 싶은 욕심도 버리고
그저 꽃이 예뻐서
눈물 나게 예뻐서

마치 처음처럼 그림을 그려본다.
나의 4월 스케치…

가장낮은곳에서 👑
브리 님의 솔직한 감성에 도움받아
제 감정에 솔직해질 수 있는 글이네요.
茶半香初(다반향초)
"차를 반이나 마셨는데, 그 향기는 처음과 같다"고 했습니다.
마치 처음처럼 그림을 그려본다는 브리 님의 말씀에서,
얼마나 많은 내려놓음이 있었을까, 감히 생각하면서,
막 떠오른 구절이 다반향초예요^^
어느 한 곳이 아리면서,
욕심만 가득하니, 앞만 보고
조급하게 가고 있는 제가 보여서 많은 공감을 얻었습니다

- -

브리
가장낮은곳에서 님)
저를 깜짝깜짝 놀라게 만드시는 댓글솜씨, 이번에도 어김이 없으셨네요^_^
다반향초......기억하겠습니다. 차 한 잔 마시고 싶네요.

- -

호랑이기운!
브리 님도 늦은 밤에 안 주무시고 글 올려주셨네요. 저도 기다리고 있었어요.
봄같이 환한 그림 잘 보고 갑니다.

- -

브리
호랑이기운! 님)
와아~오랜만이예요. 호랑이기운! 님 빼놓지 않고 봐 주시는 분 중 한 분이신 듯. 항상 감사합니다. 따뜻한 댓글 덕분에 마음의 온도가 상승하네요.^_^

- -

qorrha
삶이 피롭고 힘들지라도 옆에 응원하는 많은 이들이 있는 거 잊지 마세요.
오랜간만에 그림과 글...보니 좋네요..
생명의 신비란... 정말..말로 표현하기 힘들 정도로 아름답습니다.
또 그 색은 그 어떤 걸로도 표현할 수 없는..
밝은 햇살과 함께 빛나는 꽃들의 색깔은...
아름답다..라는 말 말고는 달리 표현할 수가 없네요...

브리

qorrha 님〉

네 자연은 아름답다는 말로밖에는 설명할 수가 없더라구요.

사람도 그 속에서 같이 아름다웠으면 좋겠어요.^^

qorrha님 말씀처럼 밝은 햇살과 함께 빛나는 꽃들은...매번 감탄하게 돼요.

계신 곳에서도 꽃이 만발했나봐요.

qorrha님 글자 하나하나가 꽃잎처럼 밝네요.

전직미녀

웰컴백!!!!!!!!!!! 브리 님 들어오셨네요~~제 트위터로 보냈어영~

브리

전직미녀님〉

환영받으니 좋은데용~. 기다려주신 분들의 마음이 봄꽃보다 더 곱네요.

한겨자

새싹을 보고 뜨겁다고 느낄 수 있는...처음처럼 뭔가를 할 수 있는...삶에 정답이 있다면 그 이상의 모범답안도 없을 거라는 생각...삶을 사랑한 꽃이 열매를 토해내듯 브리 님의 처음과 처음들도 쌓이고 쌓여 반드시 찬란할 거라는 생각...당신의 길이 부럽습니다...기다리던 새싹소식을 듣고 흥분한 한겨자로부터...^^

브리

한겨자 님〉

피기도 전에 시드는 꽃과 같은 인생이 될까봐 두려울 때가 있어요.

열매...새싹, 꽃, 잎, 열매 이런 단어들은 정말 예쁘지 않나요?

사랑이란 단어가 어느 나라 말로도 다 예쁜 것처럼요.

괜히 맘이 짠합니다.

한겨자 님이 저 작은 새싹들로 즐거우셨다면 더할 나위가 없네요~~

은행나무처럼

Brie

한 동안 코끝을 찌르던 은행냄새가 사그라들었다.

얼마 전, 친구네 신혼집에 놀러갔을 적만 해도

아파트 입구부터 진동을 하던

고약한 냄새였다.

처음엔 어느 집에서 이렇게 지독한 청국장을 끓이나 하였는데

창문 너머에 있는

커다란 은행나무가 진짜 범인이었다.

'달콤한 향이 퍼져야 할 신혼부부 집에 이런 된장~같은 냄새라니…

냄새만큼이나 심술궂은 나무로군~!'

다른 계절엔 존재조차 눈치채지 못했었는데 가을이 되니

사방에 은행나무만 있는 것 같다.

거세어진 바람에 노오란 잎들이 스스슥 소리를 내며

떨어지는 모습이 어찌나 찬란한지

요새 그 비싸다는 금보다도 번쩍거린다.

이리저리 화려한 춤을 추며 떨어져 내리는 은행잎을

한참이나 넋을 놓고 쳐다보았다.

노랑나비 떼가 아른아른 거린다.

고약한 냄새를 풍길 땐 고집 센 구두쇠 할아버지 같더니

나비처럼 살랑거리며 춤을 추는 모습은 마치 새초롬한 새색시 같다.

한 차례 비가 지나가자 이제 나무에는 몇 개의 잎들만

아슬아슬하게 달려 있다.

나무 아래를 노랗게 물들이며 소복이 쌓여 있는

낙엽들을 밟아보았다.

바스락바스락 소리도 참으로 멋드러진다.

이렇게 낙엽이 되어서도 녀석은 참 멋지구나!

무대 위의 현란한 가면극을 몰래 훔쳐본 것처럼

두근두근… 가슴이 뛰었다.

경파 👑
은행잎, 떨어질 때를 알고 떨어지니 저토록 아름답구나!

브리
어떤 이는 은행잎이 떨어지는 것을 보고 '노란 눈물'을 흘리는 것 같다고 하고 저같은 사람은 또 노랑나비가 춤춘다고도 하고 각자의 감성이 모두 다른 것 같아요. 사람들로 하여금 영감을 주는 은행나무에게 고마운 마음이 드네요. 자연 현상을 보고 있으면 세상이 정말 아름답다고 느껴져요. 사람도 그만큼 아름다웠으면 좋겠어요.

ㅇㅅㅇㅋ
낙엽이 되어서도 녀석은 참 멋지구나! 이 말이 엄청 좋네요. ㅎㅎ

브리
^^ 은행나무에 대해 그려보려고 한 달 동안이나 관찰했답니다. 낙엽 밟을 때 나는 소리가 참 기분을 좋게 해주더라고요. 전 겨울보다 가을이 더 길었으면 좋겠어요. 점점 짧아만 가는 가을이 아쉽습니다. 댓글 감사해요~!@__@

아갈
참 내가 진짜로 느끼는 사람의 일상생활을 느끼는 것 같군요. 편안하면서도 유쾌한 말 잘 듣고 갑니다...^^

브리
편안하고 유쾌하다는 건 정말 최고의 칭찬이네요. 감사합니당.^__^

몽환
바람에 하늘거리는 은행나무의 모습이 참 멋집니다. 살랑거리는 모습이 잘 표현된 것 같아요.. 올 가을 정말 은행나무가 예쁘다는 생각을 했는데 브리 님 글이 더 예쁘네요^^은행나무가 아주 좋아할 것 같아요^^

브리
네 정말 은행나무가 참 예뻤던 가을이었죠.^^ 올 해 가을은 은행나무로 기억 될 것 같아요. 몽환이라는 닉네임도 왠지 가을이랑 잘 어울려요.

내 어린 시절의
황금빛 추억

"나는 너희들의 손바닥을 만져보면

너희들이 얼마나 살 수 있는지도 맞힐 수 있단다."

나는 지금 정년을 눈앞에 두고 있다. 짧지 않은 인생을 살면서 정년에 인생의 정점을 찍는다는 것은 축복이다. 좋아하는 일을 직업으로 삼아서 경제적인 안정을 얻었으며, 주위 사람들로부터 신뢰도 얻었다. 그런데도 한편으로는 마음이 바쁘고 불안하기만 하다. 정점이라고는 하지만 딱히 이루어 놓은 게 없이 내리막길에 들어선다는 생각 때문이다.

곧 다가올 미래도 캄캄하고 청운의 꿈을 갖고 대도시로 와서 살아온 시간도 캄캄한데, 오직 가난에 찌들었던 어린 시절의 추억만이 뚜렷하게 떠오른다. 아마 지식에 물들지 않고 문명에 찌들지 않고 자연에 가까운 어린 시절이었기 때문인지도 모른다. 언제든 눈을 감으면 마을 앞쪽엔 실개천이 흐르고 뒤쪽으론 꼬리가 긴 기차가 지나간다. 호밀밭엔 바람이 출렁이고, 숨을 멈춘 하늘에선 종달새 소리가 들려온다. 노을이 곱게 펼쳐지면 들에 나갔던 염소가 집으로 돌아오고 오리가족이 돌아오고 소를 앞세운 농부가 돌아온다.

5월 어느 저녁 무렵, 석양을 등에 지고 꼬부랑 할머니가 우리 마을로 들어왔다. 허리는 완전히 기역자로 굽었고 머리카락은 파뿌리처럼 하얀 할머니였다. 거기에다가 눈이 멀었다. 금방 부러질 것 같은 나무지팡이에 몸을 의지하여 걷는데 민달팽이보다도 더 느려 보였다. 회오리바람이라도 불면 하늘로 솟구쳐 날 듯 가벼워 보였다. 동네 아이들은 "파파 할머니! 파파 할머니!" 하며 따라다녔다.

파파 할머니가 철둑 비탈길에 앉았다. 아이들도 같이 앉았다. 지팡이를 손에 잡은 할머니를 중심으로 아이들이 빙 둘러앉은 모양새가 마치 순례길의 성자와 제자들 같았다. 바로 앞의 친구네 낮은 흙담 지붕 밑에는 누런 구렁이가 느릿느릿 기어가고, 텃밭에는 감자꽃이 하얗게 피어 있었다. 파파할머니의 눈은 감겨 있었지만, 무슨 물건이든 손으로 만지기만 하면 척척 알아 맞혔다. 아이들이 묻는 것은 모르는 것이 없었다. 지폐를 손바닥으로 쓰윽 문지르고는 얼마짜리인지를 알아맞혔다. 구구단도 척척 알아 맞히고, 나이도 알아 맞히고,

"나는 너희들의 손바닥을 만져보면 너희들이 얼마나 살 수 있는지도 맞힐 수 있단다."

아이들은 너도 나도 손바닥을 내밀었다. 스물, 스물둘, 마흔아홉, 쉰, 예순다섯, 아흔아홉.

아흔아홉, 이 마지막 숫자가 내 손바닥을 만지며 파파할머니가 한 말이었다.

거짓말처럼 한 친구는 DMZ에서 지뢰를 밟고 스무 살 젊은 나이에 국립묘지에 묻혔다. 기운이 세고 유난히 새를 좋아했던 친구였다. 또 한 친구는 한약방 집에 허드렛일을 돕겠다고 갔다는데 몇 년 후 소식이 끊겼다. 연탄가스를 맡고 죽었다는 소문이 돌았으나 정작 그의 부모들은 입을 다물고 있었다. 집이 가난하여 초등학교도 들어가지 못하고 서당에서 한학을 했던 친구. 글 읽는 소리가 어찌나 청아했던지. 누구네 집 강아지 이름까지 훤히 꿰뚫었던 우체부 아저씨 친구는 사십 고개를 넘지 못하고 저 세상으로 갔다. 머나먼 길 황천 길을 이제 가면 언제 오나 어허이 어어허! 요령잡이의 사설과 상둣군의 여음은 아직도 귀에 쟁쟁한데 친구는 정말 한 번 가더니 그만이다.

언젠가 문우들과 비 내리는 땅끝 마을 방파제에서 밤새 술을 마시며 이야기를 나눈 적이 있었다. 술김에 그랬는가 보다. 나는 일흔다섯 살까지만 살겠다고 공언하였다. 내 인생의 어느 모퉁이를 돌아갈

즈음 갑작스런 해일이 밀려와 마음에 감기가 들어서 그런 말을 했는지도 모른다. 소주에 빗물을 섞어 마신 탓일까. 그날 밤은 마시고 마셔도 취하지 않았다.

대학의 시간은 학기별로 흐른다. 이제 가을 학기를 마쳤으니 봄 학기가 남았다. 곰곰이 지난 일을 생각해 보면 잡다하게 많은 일을 해왔다. 40년을 가르쳐왔지만 가르친 것은 기억나지 않고 배운 것만 기억에 남는다. 가르쳤다고 생각하면 미안한 마음뿐이고 배웠다고 생각하면 고맙다는 마음뿐이다. 어떤 일은 참으로 가치 있는 일처럼 보였지만, 시간이 지나서 냉정하게 바라보니 그 길도 욕망을 채우는 길이었다.

나는 파파할머니가 내게 내려준 신탁(神託)을 믿고 싶다. 몸은 비록 늙었지만 파파할머니의 마음은 맑은 거울과 같았다. 맑은 거울로 보았기에 어린 아이들의 숨겨진 삶도 보았을 것이다. 파파할머니의 예언대로라면 나는 앞으로 30년을 더 살아야 한다. 지금까지 살아온 시간의 이분의 일을 더 살아야 한다. 그 시간은 나에게 덤으로 준 시간은 아닐 것이다. 내가 찾아야 할 시간이고 내가 가야 할 시간이다. 입김을 불어 흐린 거울을 닦고 또 닦듯이, 내 마음에 덕지덕지 낀 때를 벗기고 또 벗기면 숨겨진 나의 길이 보이겠지.

　어떤 길을 가든 더 나은 길을 가고 싶다. 어떤 길을 가든 더 멋진 길로 가고 싶다. 어떤 길을 가든 더 즐거운 길을 가고 싶다. 어떤 길을 가든 더 단순한 길을 가고 싶다. 울고 싶을 때 울고 화내고 싶을 때 화내는 감정에 솔직한 삶을 살고 싶다. 어느 누구의 시선도 고려치 않는 자유로운 삶을 살고 싶다. 사는가시피 사는 삶의 맛을 느끼며 살고 싶다.

때때와
치치

"그 후로도 영규는 수시로 휘파람을 불었지만
때때는 돌아오지 않았다.
내 친구 영규도 지금까지 돌아오지 않는다.
DMZ에서 경계근무를 마치고 내무반으로 오던 중
지뢰를 밟았다고 한다."

내가 초등학교 졸업할 무렵 우리 마을에 서당이 생겼다. 서당은 우리 집 사랑방이었고 훈장 선생은 아버지였다. 나는 자의반 타의반으로 학성서당 1기생으로 들어갔다.

서당 아이들 중 몇 명은 새 기르는 일을 아주 좋아하였다. 그중 영규와 나는 단짝으로 붙어다니며 사서(四書)보다는 새를 쫓는 일에 열중하였다. 영규는 목소리가 우렁차고 힘이 장사였다. 영규와 함께 다니면 무서울 것이 없었다. 천성이 착하여 남에게 싫은 소리 한 마디 못하는 소년이었으나 새에 관한 한 박사였다. 하늘 한복판에 먹이를 물고 있는 어미종달새만 보아도 영규는 그 종달새의 둥지가 어디에 있는지를 알았다. 영규의 눈은 5.0은 된다고 늘 생각했었다. 멥새, 뱁새, 종달새, 할미새, 콩새, 물총새, 때까치, 뻐꾸기, 꾀꼬리, 이들이 알을 낳은 둥지를 발견해 두었다가 새끼가 알을 깨고 나오면 집으로 가지고 와서 키웠다. 서당에 올 때는 한적(漢籍)보다 더 소중히 어린 새끼 새를 가지고 와서 틈틈이 먹이를 주었다.

새 먹이는 주로 메뚜기, 여치, 땡땡이, 땅개비, 풀무치, 잠자리였다. 해 뜨기 전에 일어나 뒷동산에 올라가 풀섶을 발로 툭툭 차면 아직 잠에서 깨어나지 못한 곤충들이 펄쩍펄쩍 뛴다. 이슬에 젖어 날지 못하기 때문에 그냥 줍다시피 한다. 뒷동산 비알에는 허서방네 보리밭과 밀밭이 연이어 펼쳐져 있었다. 잠자리는 날개가 커서 곤충들 중에서는 가장 늦게 잠에서 깨어난다. 보리잠자리와 밀잠자리가 초파일

연등에 달린 꼬리표처럼 주렁주렁 달려 있었다. 한 이랑만 훑고 지나가도 잠자리 망에 가득 찬다.

한 번은 우리 마을에서 좀 떨어진 이웃마을의 뒷산으로 꾀꼬리 새끼를 꺼내러 갔다. 붉은 소나무가 쭉쭉 뻗은 숲이었는데, 영규가 이미 그곳에 꾀꼬리 둥지를 발견해 두었던 것이다. 영규는 다람쥐처럼 높이 올라갔다. 당연히 소란스러워야 할 꾀꼬리 소리가 들리질 않는다. 꾀꼬리 둥지에서 꾀꼬리 소리가 들리지 않으니 은근히 무서운 느낌이 들었다. 영규가 아득하다 싶어 눈을 감았는데 '으아' 하는 소리와 함께 시커먼 구렁이 한 마리가 내 앞에 철퍼덕 떨어졌다. 영규는 소나무 기둥줄기에서 힘없이 미끄러져 내리다가 중턱의 가지에 걸터앉았다. 떡갈나무 숲으로 스르르 피해 가는 구렁이를 보고 '희돈아 구렁이가 놀랬나 봐' 하면서 깔깔깔 웃었다. 나무 등걸에 배를 긁혀 하얀 런닝 밖으로 빨간 피가 배어나왔지만, 영규는 아무렇지도 않다는 듯이 구렁이 얘기만 하였다.

영규는 새를 키우는 데도 누구보다도 소질이 있었다. 때까치 새끼 두 마리를 갖다가 나와 한 마리씩 나누어 키운 적이 있다. 영규의 새에게는 '때때'라는 이름을, 나의 새에게는 '치치'라는 이름을 붙여주었다. 치치는 솜털을 벗고 제법 날기를 익힐 즈음 시름시름 앓다가 죽었다. 그런데 때때는 날갯짓하며 마을의 이 나무 저 나무를 마음대로 날 수 있을 만큼 잘 자랐다. 동네아이들 모두의 부러움을 샀다.

영규가 손가락을 입속에 넣고 냅다 휘파람을 불어 제끼면, 어디서인지 때때가 그 소릴 듣고 날아와서 영규의 어깨에 앉았다. 너무도 멋있었다. 나는 때때의 파닥거리는 날개에서 이는 바람처럼 시원한 바람을 여지껏 느껴본 적이 없다. 그래서 나도 손을 넣어 휘파람을 불어 보았지만 픽픽 헛김 빠지는 소리만 날 뿐 휘파람 소리는 전혀 나지 않는 것이었다.

그러던 어느 날 영규가 시무룩한 얼굴로 서당엘 왔다. 글 읽는 소리도 힘이 없었다. 무슨 일이 있느냐고 물었다. "어저께 우리 동네에 소리개가 왔었잖아. 아무래도 그놈이 채간 것 같아." 하며 주먹만한 눈물을 펑펑 쏟았다. "아닐 거야, 저기 개미골 물푸레나무 숲에 때까치들이 많이 살고 있잖아. 때때도 그곳으로 갔을 거야." 내가 이렇게 위로의 말을 해도 영규의 눈에서는 자꾸 눈물이 샘솟았다. 나도 슬펐다. 서당 집 마당가 대추나무 옆에서였다. 그날은 아버지도 싸리나무 회초리를 들지 않으셨다. 내가 아버지한테서 차갑고 무정한 거리감을 풀게 된 것은 아마 그때쯤일 것이다.

그 후로도 영규는 수시로 휘파람을 불었지만, 때때는 돌아오지 않았다. 한 밤이 지나고 또 한 밤이 지나도……. 그리고 내 친구 영규도 지금까지 돌아오지 않는다. DMZ에서 경계근무를 마치고 내무반으로 오던 중 지뢰를 밟았다. 내가 서당을 그만두고 상급학교에 진학하여 영어단어와 수학공식과 싸우는 동안에도 영규가 있어 마을은 든

든했고, 내가 서울로 대학을 들어간 뒤에도 영규가 있어 고향 마을은 푸근하기만 했었는데……. 내 어린 시절의 황금빛 추억만 남겨놓고 내 영원한 친구 영규는 돌아오지 않는다. 때때도 돌아오지 않고 영규도 돌아오지 않았지만, 내 마음속에서는 늘상 때때가 영규의 휘파람 소리를 듣고 영규의 어깨에 살포시 앉는다.

청첩장(請牒狀)

by Brie

아들이 혼사를 치르게 되었다. 나에게도 이런 기쁨이 찾아 온다는 게 낯설고 설렌다. 지인들에게 보낼 청첩장을 생전 처음 써볼 기회를 선물 받았다고 생각하니 새삼 아이들이 고맙게 여겨진다.

정중하게 예의를 갖추어야겠지. 부모의 마음을 곡진하게 담아내야 될 거야. 첫출발의 마음가짐이 잘 나타나면 더욱 좋겠지. 짧지만 가슴을 파고드는 글이면 더욱 좋겠고, 혼삿날이 시월이니까 글씨체는 가을체가 보기 좋을 거야.

느티나무 같은 든든한 남편이 되겠습니다.

그 나무에 꽃등불 켜는 아내가 되겠습니다.

하늘이 열리는 시월의 한 날을 가려

혼인의 예를 올리기로

저희 두 집안이 뜻을 모았습니다.

첫 마음 잃지 않고

한결같은 모습으로

아름답게 살아갈 수 있도록

사랑으로 이끌어 주시면 고맙겠습니다.

초고를 써서 벽에 붙여놓고 한 달 동안 고치고 또 고쳤다. 나도 고치고 아내도 고치고 아이들도 고쳤다. 짧은 글 하나를 가지고 온 가족이 집단 창작을 하는 재미도 쏠쏠했다. 어느 정도 자연스러운 느낌이 든다고 생각했을 때 인쇄소에 맡겼다.

이미 혼사를 겪은 지인들에게 물어보았더니, 청첩장은 혼삿날 2, 3주 전에 받을 수 있도록 부치는 게 좋다고 한다. 너무 일찍 보내면 기억하기 힘들고 너무 늦게 보내면 다급하여 참석하기 힘든 경우가 생긴다는 것이다. 어떤 지인은 아주 가까운 사이일수록 청첩 내는 것을 잊지 말아야 한다는 사실을 당부하기도 하였다.

이 청첩장 속에 행복 바이러스가 들어 있으면 좋겠다는 생각을 하며 우편 봉투에 넣었다. 오랫동안 사귀어온 지인들이지만 봉투에 이름을 쓰다 보니 그 이름과 나와의 사이에 있었던 사연들이 떠올랐다. 그 사연을 쫓다 한동안 작업을 멈추기도 하였다.

한가위 보름달이 마치 가위로 오려서 하늘에 붙여놓은 듯 유난히 밝고 선명한 밤이었다. 운동장같이 커다란 하늘을 밤새 굴러가는 달님에게도 이름을 곱게 써서 붙이고 싶었다.

새날

여보세요. 나 권 교수. 청첩장 잘 받았어. 막내아들 혼사가 있네. 축하하네, 마음이 바쁘지. 그런데 말야. 내가 꼭 가서 기쁨을 함께 해야 하는데, 내 조카딸 혼사와 날짜가 겹쳤어. 그 날이 길일인가 봐. 어떻게 하지. 음, 그래. 미안해. 우편환으로 축의금을 좀 보낼게. 이해해주게. 혼사 잘 치르구. 음, 그럼 또 연락하자구.

내가 누군가로부터 청첩장을 받고 이처럼 즉각적인 반응을 보인 적은 생전 처음이다. 언제나 무반응으로 일관하다 혼인 날자가 돼서 참석하거나 그렇지 못하면 인편으로 축의금을 보내고 하는 일이 습관화되어 있었다. 그런 습관화된 삶을 사십여 년 동안이나 살아왔다. 그런 내가 이번에 청첩장을 받자마자 바로 연락을 하여 참석 여부를 알린 것은 내 아들아이를 혼인시키고 나서 깨달은 바가 컸기 때문이다.

일가친척, 친구, 제자 등 청첩장을 보내도 괜찮다 싶을 만한 이들의 목록을 작성하고 전화번호와 주소를 확인한 다음 혼인 날 2주일 전에 청첩장을 띄웠었다. 그 반응은 여러 유형으로 나타났다. 예전의

나처럼 일체 무반응이다가 혼인날 참석하거나 인편에 혹은 우편환으로 축의금을 보내오는 반응이 역시 다수를 차지하였다.

어떤 반응은 참으로 유쾌하였다. 청첩장을 받자마자 나에게 전화를 해서 먼저 축하한다는 말을 전하고, 혼사와 관련된 물음을 이것저것 묻고는 나를 배려하는 말을 잊지 않았다. 그리고는 참석여부를 분명히 알려주었다. 이런 전화를 받을 때는 상대방에 대한 신뢰감이 들고 내가 그 사람으로부터 신뢰를 받고 있다는 생각이 들어서 매우 유쾌하였다. 뿐만 아니라 참석여부를 정확히 알 수 있어서 그날의 계획을 짜는 데 여간 도움이 되는 게 아니었다. 특히 혼삿날의 경비 중 식사 경비는 가장 크게 드는 부분인데, 이처럼 참석여부를 분명히 밝혀올 경우 인원체크를 확실히 할 수 있어서 비용을 헛되이 낭비하지 않는 장점이 있었다.

오늘 내가 친구의 청첩장을 받고 즉각 보인 반응은 이 두 번째의 반응을 보인 이들이 너무도 깍듯해 보였기 때문이다. 그래서 그들을 모방해 보았다. 이는 아마도 내가 남을 모방한 일 중에서 가장 잘한 모방이라고 생각한다. 자식을 두고 사는 이라면 누구든지 모방해도 괜찮을 듯싶다.

또 한 반응은 참 여러 생각을 하게 하였다. 나에게 전화를 해서 다

짜고짜로 계좌번호를 불러달라고 한다. 이런 전화를 받고는 처음에는 청첩장을 세금고지서쯤으로 생각하는구나 하고 여겼다. 인간과 인간 사이의 정의(情誼)가 일체 생략된 거래행위와도 같은……. 그러나 한참 후 이런 반응은 기계문명 시대 풍습의 반영이지 않을까 하고 생각을 돌리게 되었다. 왜냐하면 서로 바쁘고 일은 겹치고 그러므로 편리한 기계를 이용한다는 점에서는 그럴 수도 있겠다 싶었기 때문이다. 앞으로 이와 같은 방식이 보편화되리라 예상된다. 그렇다면, 즉 청첩장을 받은 사람의 입장을 배려한다면 청첩장에 차라리 청첩장을 보내는 이의 계좌번호를 적어서 보내는 것이 예의인지도 모른다.

아무튼 오랜 나무껍질 같은 습관을 고쳐 보니 내 마음이 즐겁다. 아주 작은 일을 했는데도, 마치 큰일을 해낸 것처럼 마음이 뿌듯하다. 거듭난다는 것이 큰 것에서 비롯되는 것이 아니라 작은 것을 변화시키는 능력에서 비롯된다는 생각이 든다. 작은 것을 변화시키는 그날, 그날은 분명 새날이다.

혼서(婚書)

by Brie

혼서는 신랑 아버지가 신부 아버지에게 귀한 딸을 보내주어서 고맙다는 내용을 담아 보내는 편지이다. 대게 함 속에 넣어 보낸다. 신랑 신부가 연애관계에 있을 때에는 그리 큰 갈등이 일어나지 않는다. 그러나 양가가 혼인 날짜를 정하고 구체적인 혼인 준비를 해나가는 과정에서 예기치 않는 불편함을 겪을 수 있다. 특히 딸을 보내는 신부 집에서는 서운한 마음이 커질 수 있다. 이런 모든 갈등과 서운함을 모두 극복하고 혼인 본래의 기쁨을 회복시켜 주는 절차가 혼서이다.

가능한 한 친필로 정성껏 쓰면 좋겠다. 붓글씨로 쓰면 정성이 더욱 돋보일 것이다. 혼사의 절차 한 가지 한 가지가 이처럼 정성스러우면 더욱 좋을 것이다. 정성은 서먹서먹한 관계를 믿음의 관계로 발전시키는 힘이 있다.

○○○ 사돈어른께

　사돈어른의 귀한 따님을 저희 아들의 평생 배필로 허락해 주셔서 감사드립니다. 따님을 새 며느리로 맞아들이는 저희는 기쁨과 설렘으로 가득 차 있습니다. 사랑하는 따님을 떠나보내는 사돈어른께서는 이루 형용하기 어려울 만큼 섭섭한 심경이겠지요. 뿌리째 뽑혀 낯선 곳으로 향하는 어린 나무처럼 안쓰럽기도 하고 허전하기도 할 것 같습니다. 따님이 쓰던 방이 횅하게 보일 테지요. 따님이 앉았던 의자가 텅 비어 있을 때, 따님이 자던 침대가 혼자 누워 있을 때, 더욱 쓸쓸하시겠지요.

　사돈어른께서는 따님을 바르고 맑고 명랑하게 잘 키우셨습니다. 활달하고 쾌활하면서도 속이 꽉 차 있습니다. 사랑을 듬뿍 받고 자랐다는 느낌이 역력합니다. 우리 아이도 따님이 사랑을 많이 받고 자란 것 같아서 기쁘다고 늘 말하고 있습니다. 저의 내자 또한 티 없이 맑게 자랐다면서 기뻐하고 있습니다. 제가 보기에도 따님은 타인과도 잘 어울리고 새로운 상황에 대처하는 감각도 탁월해 보입니다. 사돈어른의 따님이 저희 집안에 들어온다는 것은 환한 빛이 한꺼번에 들어오는 것이나 마찬가지입니다.

　조금만 세심하게 들여다보면 두 아이의 공통점이 참 많습니다. 공통점이 많다는 것은 해결해야 할 문제가 적다는 뜻이기도 하겠지요. 그 공통점 중에서도 두 가지가 눈에 띕니다. 하나는 둘이 다 보편적 가치를 추구한다는 사실이고,

다른 하나는 둘이 같은 종교를 가지고 있다는 점입니다. 보통 사람의 생각과 행동 양식이 얼마나 소중한 가치인지를 저도 이제야 깨달았는데, 두 아이들은 태생적으로 그런 성질을 갖고 있는 듯합니다.

따님의 본명이 세실리아이지요. 순결의 모범이신 세실리아 성녀에게서 따온 본명이네요. 저의 내자도 우리와 같은 믿음을 가진 처자를 며늘아기로 받아들였으면 하고 늘 기도를 했었습니다. 그런 믿음을 가진, 더구나 순결의 모범이신 세실리아라는 본명을 가진 따님을 맞이하게 된 것은 그 기도에 대한 응답이라고 생각합니다. 따님에게 믿음을 유산으로 물려주신 사돈어른께 다시 한 번 고개 숙여 감사드립니다.

제 아이의 본명은 가브리엘입니다. 예수님이 성령으로 잉태되어 태어날 것이라고 마리아에게 알려준 천사 가브리엘을 본명으로 하였습니다. 견진성사 때 성사를 주시는 주교님의 본명과 같다며 좋아했었습니다. 아직은 세상을 보는 눈이나 사람을 대하는 태도나 신앙의 깊이나 부족한 점이 많습니다. 그러나 마음 하나만은 반듯합니다. 가브리엘을 본명으로 가진 아들을 하나 더 얻었다고 생각해주시면 여러모로 미더울 것이라 생각됩니다.

개성이 다르고 자라온 환경이 다르고 사고방식이 다른 두 사람이 만났지만, 일치된 신앙으로 하느님의 축복을 받고 출발하게 되었으니 오직 감사할 따름입니다.

제가 이렇게 하느님과의 관계를 장황하게 말씀드리는 것을 이해해 주십시오.

하느님과의 관계가 불명확하면, 가진 자나 가지지 못한 자나 배운 자나 배우지 못한 자나 지위가 높은 자나 낮은 자나, 모두 허망한 욕망에 쫓기고 있다는 판단이 들었기 때문입니다. 또한 전통적인 유교윤리로는 현기증 날 만큼 빠르게 변화하는 시대를 감당할 수 없다는 확신이 들었기 때문입니다.

하느님의 축복 속에 출발하는 두 아이가 살아가는 동안 한시라도 하느님과의 관계가 소홀해지지 않도록 늘 관심을 가질 것입니다. 두 가족을 딛고 일어섰으니 두 가족 모두 소홀히 하지 않도록 가르치겠습니다. 매일 끼니를 거르지 않는 것처럼 두 아이에 대한 기도를 거르지 않을 것입니다. 함께 기도해주십시오. 하느님의 아들인 예수 그리스도의 따뜻한 가슴을 평생 삶의 기준으로 살아갈 수 있도록 격려하고 보살필 것입니다. 있는 그대로의 모습에 감사하며,. 지상에서 매이지 않는 가정이 될 수 있도록 인도할 것입니다. 가정의 평화를 가장 중심된 가치로 삼고 평화를 실현하는 가정으로 가꾸어 갈 수 있도록 기도할 것입니다.

사돈어른의 가정에 항상 평화가 넘쳐나기를 기원하며 두서없는 말씀 이만 줄입니다.

사랑에
빠지지 마라

Never let her
out of your sight.

Never let
your guard down.

Never fall in love.

THE
BODYGUARD

주례사

　주례는 혼인식의 예를 주관하는 이를 말한다. 이는 신랑신부가 평생 사랑으로 가정을 꾸릴 것을 약속하고 혼인이 성사되었음을 하객들 앞에서 선포하며 주례사를 통해 신랑신부에게 인생의 지침을 주는 역할까지 한다. 혼인한 후에도 가정생활과 부부관계에 대하여 끊임없이 멘토링해줄 수 있는 분을 주례로 모시는 게 좋겠다.

　이렇게 중요한 역할을 하는 이가 주례임에도 불구하고, 주례는 있으면 혼인식의 한 장식에 불과하고, 없으면 문제가 되는 것이 요즘 세태이다. 주례를 부탁한 쪽에서는 주례를 맡은 이에게 정중한 예를 갖추어야 한다. 주례 또한 성심성의껏 서야 한다. 특히 주례사의 경우 흘러다니는 말이나 어디서 들어본 듯한 말을 삼가야 한다. 양가의 상황에 맞는 내용이면 좋겠다. 너무 길면 하객들이 지루해 하고 너무 짧으면 성의가 없어 보인다. 주례사가 끝난 후에는 주례사를 신랑신부에게 선물하는 게 좋다.

사랑에 빠지지 마라

이 글은 본인이 제자의 혼인 주례를 맡았을 때 썼던 주례사이다.

보디가드(The Body Guard)란 영화가 있습니다. 아카데미 여우주연상 후보인 저명가수 레이첼은 목숨을 위협받는 편지를 받자, 전직 대통령 경호원 출신인 프랭크를 보디가드로 고용합니다. 공연장에서 한 차례 소동을 겪은 후, 두 사람은 사랑에 빠집니다. 프랭크는 보디가드의 임무를 잠시 잊었음을 직감하고 곧 본연의 임무(보디가드)로 되돌아갑니다. 피살의 위협 속에서 아카데미 시상식이 거행됩니다. 시상식 도중 레이첼은 킬러의 공격을 받습니다. 프랭크는 몸을 날려 이를 막아냅니다. 그리고 큰 부상을 입습니다. 그 덕분에 레이첼은 무사히 여우주연상을 받고 노래를 부르면서 피날레를 장식하는, 대략 이런 내용입니다.

이 영화의 포스터에는 다음과 같은 보디가드의 삼대원칙이 있습니다.

'시선을 떼지 마라 Never let her out of your sight'

'방심하지 마라 Never let your guard down'

'사랑에 빠지지 마라 Never fall in love'

나는 여기 신랑도 신부도 프랭크 같은 보디가드가 되어, 즉 보디가드의 삼대 원칙을 잘 지켜서 멋진 부부의 길 행복한 가정의 길을 걸어가기를 당부드립니다.

시선을 떼지 마십시오. 이 말은 서로 지켜줄 줄 알아야 한다는 뜻으로 받아들여도 무방합니다. 큰일을 지켜주는 것 못지않게 작은 것을 지켜주는 것이 중요합니다. 순간의 감정, 자존심, '아플 때 살짝 이마를 짚어주는 것' 같은 작지만 따뜻한 행동이 서로를 지켜주는 것입니다. 부부 사이란 큰 것보다 작은 것 때문에 감동을 많이 받고, 큰 것보다 작은 것 때문에 상처를 더 많이 받습니다. 이처럼 작지만 따뜻한 배려를 베풀 사람은 남편 혹은 아내 이외에 이 세상 어디에도 없다는 사실을 명심해야 합니다.

언제나 방심하지 않도록 주의하십시오. 부부 사이에서 가장 방심하기 쉬운 것이 두 가지 있습니다. 그 하나는 말입니다. 상대방의 말을 건성건성 들어서는 아니 됩니다. 마이동풍식으로 흘려보내서도 아니 됩니다. 하찮아 보이는 말일지라도 세심하게 귀를 기울여 듣는 태도를 가져야 합니다. 설령 이치에 맞지 않는다는 생각이 들 정도의 말이라도 진지한 눈빛으로 상대방을 바라보며 들어주어야 합니다. 이러한 태도는 상대방에게 신뢰감을 줍니다. 세계 최고의 베스트셀러인 성경에도 이렇게 씌어 있습니다. 내 말을 경청해줄 사람이 단한 사람만 있어도 세상은 살 만하다고.

방심하지 말아야 할 다른 하나는 혼인한 후 일에만 파묻히는 것입니다. 잡은 고기에게는 미끼를 주지 않는다는 속설을 믿고, 혼인한 후에는 일에만 파묻히는 남자들이 많습니다. 이런 남편이 능력 있는 남편이라는 평가를 받던 시대는 지나갔습니다. 일과 가정에 대한 균형감각을 지닌 남자가 능력 있는 남자입니다. 혼인을 해서 행복해지고 싶다면 균형감각을 끊임없이 유지하십시오.

사랑에 빠지지 마십시오. 사랑에 빠져서 즉 눈에 콩깍지가 씌어서 혼인을 하지만, 혼인한 후에 두 사람만이 사랑에 빠졌다가는 낭패를 보게 됩니다. 연애는 낭만이고, 혼인은 현실입니다. 이제는 현실로 돌아와야 합니다. 혼인을 하고도 사랑에 빠지면 자기들밖에 보이지 않습니다. 부모도 형제도 친척도 친구도 이웃도, 심지어 자식도 보이지 않습니다. 결국 함께 살아가야 할 이들 모두를 잃어버리고 고립무원에 빠집니다. 만나야 할 사람 모두 떠나보내고 혼자만 잘 살면 그건 잘 사는 게 아닙니다.

나는 간호사(看護師)처럼 간(看)하면서 사는 게 시선을 떼지 않는 것이며, 방심하지 않는 것이며, 사랑에 빠지지 않는 것이라고 생각합니다. 필요할 때 와서 약을 가져다주고 주사를 놓아주는 간호사처럼 지내는 것이 좋습니다. 간호사가 동료들과 차를 마시며 이야기를 나누면서도 계속 환자의 상태에 신경을 쓰고 있듯이, 부부 사이도 자연스럽게 일상생활을 하면서 필요할 때 필요한 사랑을 주는 관계가 좋습니다. 사랑한다고 해서 10분마다 한 번씩 전화를 한다거나 온종일 자기만 사랑해주기를 바라는 것은 사랑이 아니라 집착입니다.

인간이기 때문에 누구나 실수할 때가 있습니다. 그때는 프랭크처럼 곧바로 자신의 자리로 돌아와야 합니다. 태양계의 행성들이 늘 제자리로 돌아오듯이, 봄이 갔는가 싶으면 다시 돌아오듯이, 제자리로 돌아오는 것은 무엇이든 아름답습니다. 사람도 제자리로 돌아올 때 가장 아름답습니다. 제자리로 돌아가서 몸을 아끼지 않고 자기에게 주어진 길을 의연하게 가는 프랭크의 모습, 아름답지 않습니까? 이제 지금 이 순간부터 신랑 ○○○ 군은 남자 프랭크로, 신부 ○○○ 양은 여자 프랭크로, 검은 머리 파뿌리 될 때까지, 학처럼 곱게 늙어가면서, 서로 상대방을 안전하게 지켜주는, 간호사처럼 필요할 때 필요한 사랑을 주는, 행복한 부부 평화로운 가정으로 키워 가는 두 사람이 되길 바랍니다.

이제 두 사람은 비를 맞지 않으리

서로가 우산이 되어 줄 테니까

이제 두 사람은 춥지 않으리

서로가 따뜻함이 될 테니까

이제 두 사람은 외롭지 않으리

서로가 동행이 될 테니까

두 사람은 비록 두 개의 몸이지만

이제 이들 앞에는 오직 하나의 인생만 있으리라

그대들의 집 속으로 들어가라

함께 있는 날들 속으로 들어가라

이 대지 위에서 그대들은

오래오래 행복하리라.

- 인디언들의 혼인시

시월 어느 멋진 날의
귀한 분들께

　혼례식이 느낌표라면 혼례를 마치고 하객들에 보내는 감사의 인사장을 보내는 일은 마침표와도 같다. 혼례식에 참석해 주셔서 감사하다는 글을 예를 다하여 드리는 글이다. 판에 박힌 글보다는 진심이 담긴 글이 좋다. 신랑신부가 어떤 직업을 가지고 있으며 어디에서 신접살림을 하고 있는지 등 최소한의 정보를 알려주는 게 예의이다.

감사의 인사 올립니다.

안녕하시지요. 신랑(신부) ○○○의 아버지 ○○○입니다. 지난 시월 이십사일 먼 길 마다하지 않으시고 저희와 기쁨을 함께 해 주셔서 감사합니다. 그 따뜻한 발길 덕분에 신랑·신부는 하늘의 별처럼 빛났고, 저희 두 가정도 그날을 '시월의 멋진 날'로 기억할 수 있게 되었습니다. 두고두고 마음 깊이 새기겠습니다.

저희 아이들은 파리에서 만나 청주에서 부부의 연을 맺고 몰디브로 신혼여행을 떠났습니다. 가서 과거의 기억에 얽매이지 말고, 미래의 계획에 조급해 하지 말고, 순간을 기뻐하라고 일러두었습니다. 여행에서 돌아오면 신부가 근무하는 직장 근처에서 신접살림을 차립니다. 그곳은 신랑 직장 ○○과도 그리 멀지 않은 거리에 위치해 있습니다.

자식의 혼사는 비워지는 아쉬움인 줄 알았는데, 채워짐의 풍족함인 것 같습니다. 함께 기도할 식구가 하나 더 늘어났고, 음식을 함께 나눌 식구가 하나 더 늘어났으며, 기쁨을 함께 할 식구도 하나 더 늘어났고, 아픔을 나눌 식구는 둘로 늘어났습니다. 아버지 어머니 즉 든든한 후견인이 두 분 더 늘어났으며, 자식이라 불릴 아이들은 팝콘처럼 연이어 튀겨져 나올 것이라 생각하니 참으로 가슴이 벅찹니다.

아직 낮인 때에 일을 많이 즐겁게 했으면 좋겠습니다. 직장의 일과 가정의 일을 조화롭게 균형을 맞추어 가는 지혜를 가졌으면 좋겠습니다. 머리는 하늘에 두고 다리는 땅에 두듯이, 꿈은 높게 시선은 아래로 두는 건강성을 지녔으면 좋겠습니다. 서툴고 미숙할지라도 정직했으면 좋겠습니다. 풀잎 하나를 잘못 건드려 우주의 균형을 깨뜨리면 어떻게 하나 하고 늘 삼가는 마음을 가졌으면 좋겠습니다. 우주의 주재자인 그분과의 관계가 확고했으면 좋겠습니다. 오늘 만나는 사람이 그분이라고 생각하고 살아갔으면 좋겠습니다. 그리고 자신을 진정 사랑했으면 좋겠습니다. 그리하여 평화를 캡슐에 담아 모래알같이 많은 사람들에게 나누어주는 가정으로 키워 갔으면 좋겠습니다.

시월이 가고 십일월이 왔습니다. 십일월은 지나가는 계절처럼 느껴집니다. 그러나 십일월이 없으면 일 년은 열한 달로 끝날 것입니다. 있으면 없는 것 같이 보이지만, 없으면 자리가 커 보이는 십일월처럼 살면서, '시월 어느 멋진·날'의 귀한 분들을 기억할 것입니다. 그 깊고 소중한 인연 시·공간을 초월한 사랑의 향기로 가꾸어 나갈 것입니다.

귀댁에 평화와 기쁨이 항상 넘쳐나시기를 기원합니다.
독자 여러분의 가정에도 평화와 기쁨이 항상 넘쳐나시기를 기원합니다.

헌혈

아주 급한 일을 목전에 두고도 무엇인가를 하지 않고는 못 견딜 때가 있다. 지금 내가 그렇다. 밴쿠버의 친구에게 편지를 쓰지 않고는 다른 일이 손에 잡히지 않는다.

아내가 뜬금없이 물었다. 내 피가 O형이지 않느냐고. 물었다기보다는 O형의 피가 급히 필요하다는 느낌으로 받아들여졌다. 아내의 동문선배의 딸이 뇌수술을 받아야 하는데, 신종플루니 독감이니 해서 피를 구하기가 어렵단다.

내 연구조교 김군과 함께 월요일 아침 일찍이 서울행 고속버스에 몸을 실었다. 먼 산기슭에는 자작나무가 흰뼈처럼 박혀 있고, 아직 나뭇가지에 매달려 있는 단풍잎은 바람에 시달리고 있었다. 서울 남부시외버스터미널에 내려서 두 번의 지하철을 갈아탄 다음 다시 택시를 잡아타고 목적지인 상일동 헌혈의 집에 들어섰다.

헌혈기록카드에 나의 인적사항을 기록하고 문진표의 질문사항에 하나씩 표기를 하기 시작하였다. 최근 3일 이내 발열, 목감기, 설사 등의 증상을 앓으신 적이 있습니까? 최근 1년 이내 불특정 이성이나 다른 남성과 성 접촉을 가진 적이 있습니까? 20여 가지의 질문을 통과하고 나니 간호원이 인터뷰를 한다. 그녀는 헌혈금지 약물 이름이

빼곡히 적혀 있는 종이를 앞에 놓고 일일이 체크하였다. 김군은 이미 헌혈을 마치고 오렌지 주스를 마시고 있었다. 그렇게 30여 분이 지나서야 나는 헌혈이 가능하다는 판결을 받았다.

"선생님께서는 연세가 있으셔서 200밀리리터만 채혈을 합니다. 올라가 누우시죠."

겉옷을 벗고 팔을 걷었다.

"따끔할 겁니다."

> 주사바늘이 내 혈관에 꽂히자
> 절간처럼 고요했던 내 몸이 갑자기 부산해진다
> 심장이 쿵쾅거리는 소리를 귀가 듣고
> 붉은 피의 따뜻한 차오름을 눈이 보고 있다
> 아무도 들을 수 없는 말은 혼자서 부산하다
> 하느님 지금 이 순간 저를 기억하지 마시고
> 수술대 위의 소녀를 기억하소서
> 밤마다 베갯잇을 적시는
> 소녀의 어머니를 기억하소서
> 저의 손가락 끝에 이는 바람은
> 그냥 스치게 하소서
>
> – 권희돈의 「헌혈」 전문

"선생님, 400밀리리터를 채취했습니다."

내 피를 예상보다 배는 더 뽑았다는데도 나는 기뻤다. 그 말을 전하는 간호사의 얼굴이 더욱 환해 보였다.

"우리 근사한 거 먹을까. 자네가 정해. 내가 한 턱 쏘지."

여기저기 두리번거리다가 우리는 삼계탕 집에 들어갔다.

"자네의 얼굴이 참 좋아 보이네. 빛이 나는 것 같네."

"교수님두요. 그 연세에 헌혈할 수 있다는 것이 참 축복이라는 생각입니다."

그로부터 일주일 후 학생들이 지어 온 시를 발표하는 문학강의 시간이었다. 주로 은유에 대하여 가르쳤는데 시적 표현력이 놀랍도록 발전하였다. 발표가 다 끝나고 나서 나는 위와 같은 배경을 설명한 뒤 내가 쓴 시 「헌혈」을 낭송하였다. 놀라운 일이다. 메기같이 뚱한 남학생의 눈가에 눈물이 고였다.

"지금까지 여러분은 은유를 배웠습니다. 은유는 시작(詩作)의 기본이지만 시적 표현의 기술에 지나지 않습니다. 어떤 대상을 시로 쓰든지 그것을 자유롭게 표현할 수 있는 기술을 배운 셈이지요. 그러나 여러분이 시를 더 잘 쓰기 위해서는 삶 자체가 진정성이 있어야 합니다. 진실한 체험의 순간들을 시로 쓸 때 시 쓰기의 모든 기술을 뛰어넘습니다."

아무리 생각해도 감사한 일뿐이다. 아내가 나에게 헌혈의 의사가 있느냐고 넌지시 물었을 때 "노우"라고 하지 않은 것이 감사하고, 내 연구 조교가 나와 같은 혈액형을 갖고 있다는 게 감사하고, 내가 함께 헌혈하자고 했을 때 "예"라고 대답한 것도 감사하고, 그때의 느낌을 시로 쓸 수 있는 능력을 주신 부모님이 감사하고, 그 시를 학습에 적절히 적용할 수 있게 된 것도 감사하고, 이 모든 것을 종합하여 편지를 띄울 수 있는 친구가 이 지상에 함께 존재한다는 사실이 감사하다.

기적

"친구의 토끼와 다람쥐 이야기를 듣고 나니,
기적은 물 위를 걷는 것이 아니라
땅 위를 걷는 것이란 생각이 드네."

기적이 온 것 같아!!

친구의 토끼와 다람쥐 이야기를 듣고 나니, 기적은 물 위를 걷는 것이 아니라 땅 위를 걷는 것이란 생각이 드네.

살아 있는 모든 순간이 기적인지도 모르지. 소박한 한 그릇의 밥, 간밤의 어둠과 추위를 잘 견뎌내고 비쳐오는 불그스름한 아침 햇살, 어부가 그물질을 멈추는 때, 산사(山寺)의 풍경소리 그리고 멀리 있는 친구에게 글을 쓰고 있는 지금 이 시간.

밴쿠버에서 사업을 한다고 했지. 아무도 몰랐었지. 동창이라는 단 한 가지 조건만으로도 긴 세월의 장벽이 허물어진 것 같지는 않아. 출세를 했다거나 돈을 많이 벌었다거나 해서 그런 것도 아니야. 우리 둘 사이에 뭔가 공통점이 있었을 거야. 뜨거운 가슴일 거야. 순정한 마음들을 깡통 속에 담아 차곡차곡 쌓아두었기 때문일 거야.

"나에게 귀소본능이 있는 줄 몰랐어… 우리나라의 산봉우리가 얼마나 정겨운지… 삼천 달러를 달랑 들고 캐나다로 갔어… 무얼 해도 다 실패하는 거야… 다락방에서 절박한 심정으로 기도하는 중에 네 혀를 바꾸라(Change your tounge)는 음성을 들었어. 그 뒤로 캐나다 사람으로 살아왔던 거야."

자네가 툭 던진 이 몇 마디는 단숨에 내 가슴을 파고들었어. 40년 타지에서 죽을 고비를 넘기며 살아온 인생역정은 정말 드라마틱하더군. 한 발짝 나아가면 죽음이라는 절체절명의 순간에 혀를 바꾸고 낯선 나라 사람으로 살아가느라고 얼마나 고통스럽고 힘들고 외로웠을까.

"나는 음악을 좋아해서 그런지 신경이 날카로와. 90년대 말 신경을 심하게 다쳐 병원치료를 수도 없이 받았어. 그래도 낫지 않는 거야. 마지막으로 선택한 게 숲 속을 걷기로 한 거야. 밴쿠버에는 스탠리공원이 있는데 숲이 참 대단해. 매일 그 숲 속을 걸었어. 병세는 하루가 다르게 호전되어 갔지. 그러던 어느 날 숲길에서 토끼와 다람쥐가 얼굴을 맞대고 있는 광경을 목격한 거야. 내가 그 1미터 앞까지 다가가도 꼼짝 않고 그러고 있는 거야."

다시 태어났으므로 산다는 것이 얼마나 경외스러운 것인지를 몸으로 느끼고 있더군. 프로이트는 사람의 가슴 속에 시인이 살고 있다고 했어. 그 시인이 죽으면 인류의 마지막 사람이 죽는 것이라고. 세상에 때가 묻으면 가슴 속의 시인이 사라져 버리지. 크게 성공했다는 사람들과 대화를 하다 보면 금방 진부함을 느끼게 되는데, 그것은 그의 가슴 속에 있는 시인이 죽었기 때문일 거야. 그런데 자네의 말엔 힘이 있었고 꿈이 있었어. 마치 꿈꾸는 소년 같았지. 자네의 입에서 나오는 말은 어린 아이가 세상에 태어나서 처음 보고 들은 것을 말하는 것처럼 신선하였지.

토끼와 다람쥐, 녀석들 앞에 바짝 다가앉은 고독한 사내, 이런 장면을 연출한 그분, 그분은 완전한 분이시지, 사랑밖에 줄 줄 모르는 엄마처럼, 다 주고도 무슨 죄를 지은 사람처럼 쭈그리고 앉아 있는 아버지처럼…….

종(種)이 다른 두 동물이 얼굴을 맞대고 있는 것도 기적이고, 한 사내가 그 광경을 보고 지나치지 아니 하고 그 앞에 쪼그리고 앉아 바라본 것도 기적이요. 나무와 동물과 인간을 완벽하게 일치시킨 5분간도 기적이고, 불면증을 앓던 사내가 30분 동안 죽음보다 깊은 잠을 잔 것도 기적이며, 그 후 차츰차츰 인간이 지어준 약을 줄이다가 1년여 후에 약을 아주 끊을 수 있었던 것도 기적이고, 무엇보다 이 모든 기적을 묶어 하느님이 자기에게 준 선물이라고 명쾌한 결론을 내린 친구의 믿음은 과연 그분에게 사랑받을 만하네!

마즈막 멘트

　종합토론이 막 끝나간다. 이제 오늘 학술발표회를 모두 마치면서 '마지막으로 회장님의 말씀을 듣겠습니다'란 사회자의 멘트가 있을 것이다. 순간 나는 머릿속에 준비해 두었던 형식적인 말을 버리기로 했다. 온종일 머리에 쥐가 나도록 공부를 한 회원들에게 딱딱한 말로 끝을 맺는 것보다는 부드러운 이야기로 끝맺음을 하는 게 좋겠다는 생각이 들었기 때문이다.

　김동인의 〈마즈막 오후〉를 발표한 정 교수와 나는 30여 년 전 같은 학원에서 근무를 했습니다. 정 교수는 중학교에 나는 고등학교에 있었지요. 1982년 7월이었던 걸로 기억합니다. 수업 중에 노크 소리가 들렸습니다. 정 선생이었습니다. 긴한 말이 있어서 왔노라고 하였습니다. 둘이는 현관 테라스에서 주룩주룩 쏟아져 내리는 빗물을 바라보며 한동안 서 있었습니다. 한참 후 정 선생이 먼저 입을 열었습니다.

"제가 학교를 그만두었으면 해서요."

"왜, 무슨 일 있어?"

"일본 문부성 장학생 시험 준비를 하고 싶은데 아무래도 교직에 있으면서 준비하기는 어려울 것 같아서요."

"하지만 정 선생이 이 학교에 온 지 일 년밖에 안 되었잖아. 그리고 직장을 이렇게 쉽게 그만둔다는 것도 좀 그렇고."

정 선생은 비를 흠뻑 맞으며 운동장을 천천히 가로질러 갔습니다. 그로부터 꼭 일주일 되던 날이었습니다. 그날도 비는 억수로 쏟아졌습니다. 정 선생이 수업 중에 또 노크를 했고, 둘이는 또 낙숫물을 바라보며 서 있었습니다. 그날의 대화는 짧았습니다.

"선배님, 제가 시험에 떨어져도 좋습니다. 다만 지금 이 나이에 도전을 하지 않으면 제 나이 일흔이 되어서 후회할 것 같습니다."

나는 이 말을 듣는 순간 온몸이 감전된 듯한 느낌을 받았습니다. 유학에 대한 집념, 젊은이의 도전정신, 자신의 인생에 대한 사랑이 너무나 아름다워 보였기 때문이었습니다.

그해 겨울, 우리는 종로 2가 지하철역 입구에서 자주 만났습니다. 시사외국어 학원에서 일본어 수강을 마치고 각각 집으로 가는 길목이 그 지하철역 입구였던 것입니다. 나는 박사과정에서 제2 외국어로 선택한 일본어 시험에 패스하기 위해, 정 선생은 일본문부성장학생 시험에 패스하기 위해, 각각 일본어에 목을 매야만 했습니다. 그러던 어느 날 내가 질문을 던졌습니다.

"정 선생, 내가 단어를 외우는데 어떤 단어는 죽어도 안 외워지니 무슨 좋은 수 있나?"

"그 단어 몇 번쯤 외웠어요?"

"한 스물다섯 번쯤은 족히 외웠을 거야."

"그러면 스물다섯 번만 더 잊어버려 보십시오."

정 선생의 대답은 늘 이렇게 간결하였습니다. 어떤 문제든 옳고 그름이 분명하였습니다.

그 후로 이따금씩 정 선생에 대한 소식이 들려 왔습니다. 문부성 장학생시험에 통과되었다는 소식, 동경대학 비교문학과에 입학하여

학업에 열중하고 있다는 소식, 어느 대학에 이력서를 넣었다가 마지막에 탈락되었다는 소식, 그리고 마침내 모 대학에 전임교수로 채용되었다는 소식 등, 정 선생도 내 소식을 그렇게 들었을 것입니다. 우리는 떨어져 있었지만 마음으로는 늘 가까운 거리에 있었습니다.

오늘 우리는 '학습자 중심의 문학교육'이란 주제로 발표를 하고 토론하면서 하루를 보냈습니다. 학습자에게 필요한 내용도 중요하고, 학습자가 요구하는 내용도 중요하고, 학습자가 작품을 읽고 의미를 구성하는 것도 중요합니다. 그러나 뼈가 있고 살이 있고 피가 도는 문학을 가르치면서 감동을 놓쳐서는 아니 될 것 같습니다. 어떤 이유로든 감동을 놓치면 건조한 죽은 나무의 뼈대만 보게 될 터이니까요. 우리 학회도 마찬가지이고, 우리 교육도 마찬가지이며, 우리의 삶도 그러할 것입니다.

우레와 같은 박수가 터져나왔다.

꽃자리

　H 교수는 기말시험 답안지를 한장 한장 넘기다가 자리에서 슬며시 일어나 창문을 연다. 겨울비가 추적추적 내리고 있다. 빗발에 섞여 나뭇잎이 무겁고 느리게 또 다른 빗방울처럼 떨어진다. 그는 벽에 가지런히 꽂힌 책들을 보며 공동묘지 같다고 생각한다. 의자 앞으로 왔다가 다시 창밖을 바라보다 이쪽저쪽 왔다갔다하기를 반복하며 서성거린다. 거울을 들여다본다. 윤기 잃은 피부, 자글자글한 주름, 축 처진 눈꺼풀. 거울은 예순다섯 해 풍화작용을 거친 얼굴을 그대로 비춘다.

　그는 다리를 책상 위에 걸치고 앉아서 담배를 피우며 40년 가까운 기나 긴 교직 생활을 회상한다. 초등학교 교사 5년, 중학교 교사 4년, 고등학교 교사 3년, 보따리 장사(이 학교 저 학교 떠도는 대학 시간강사) 4년 그리고 정식 대학교수 23년, 어린 아이로부터 청소년 청년들을 가르치는 일만 계속해 왔다. 그의 이런 행적을 두고 어떤 이들은 입지전적이라고 말을 한다. 말이 좋아 입지전적이지 자신의 입신을 위하여 걸어온 잡다한 여정이었다. 잡다한 여정이었기에 지금 그는 은퇴를 눈앞에 두고 고독감을 느끼고 있는 것이다.

초등학교 교사로 있을 때는 전공을 찾아 대학에 편입하여 주경야독을 하느라고 정신이 없었고, 중등학교 교사로 있을 때에도 석·박사 학위 과정을 이수하느라고 역시 정신없이 보냈다. 그는 늘 피곤에 지쳐서 가르치는 일이 신성한 의무임을 알면서도 소홀히 할 수밖에 없었다. 정식 대학교수가 되었을 때 그는 대학생을 가르치는 직업을 얻었다는 기쁨보다 호구지책을 위한 근심을 하지 않아도 된다는 기쁨이 더 컸다.

대학 선생이라는 기득권으로 그는 여기저기 기웃거리며 윗자리를 차지하였다. 캠퍼스에서는 학생들을 가르치는 일보다 자신의 업적 쌓는 연구에 많은 시간을 보냈다. 전공인 소설보다 시를 더 좋아해서 시 창작에 몰두하다가 스스로 한계를 느끼고는 상처를 입기도 하였다. 원고료도 받지 못하는 잡지에 평론으로 데뷔하였으나, 그 역시

이렇다 할 성과를 내지는 못하였다. 대학교수, 시인, 평론가, 문학박사, 무슨 학회 학회장이라는 이름은 얻었지만, 어느 한 분야도 이름에 값하는 성과를 내지 못하고 마침내 쓸쓸한 은퇴를 앞둔 그다.

싸움판에 발을 들여놓았다가 슬그머니 발을 빼기도 하고, 잡다한 글들을 쓰는 데 에너지를 낭비하기도 하고, 이책 저책 시류를 타는 글이나 읽는 데 시간을 허비하고, 문학을 하는 시간보다 문학을 가르치는 이론 공부에 시간을 쏟아오고, 종교 서적들을 두서없이 읽어서 그의 머릿속은 지푸라기를 쑤셔 박은 듯 혼란하다.

이렇듯 세월을 한정 없이 다 보내고서야 흘러간 생이 잘못되었음을 알아차리고 회한에 젖었다. 그는 혼잣말로 중얼거리다가 담뱃불을 짓눌러 끈다. 잡다하게 살아왔다고 중얼거린 것 같다. 그때는 가치 있는 일이라고 여겨졌던 일들도 지금 생각하니 욕심이었다고 뉘우치는 것 같다. 욕심 때문에 인생을 낭비하는 사람이 얼마나 많은가. 자신의 능력으로는 학생들을 가르치는 일에만 충실했어야 한다고 뉘우치는 것 같기도 하다. 지금 앉아 있는 자리가 꽃자리인 줄 모르고, 산 너머 행복을 찾아가다가 인생을 그르치는 이는 또한 얼마나 많은가.

틀린 답을 찾기는 쉬우나 정답을 찾기는 어려운 것이 인생인가 보다. 그는 깊은 한숨을 쉰다. 그의 한숨 소리가 연구실의 공기를 두 갈래로 갈라놓는다. 산산조각 내고 있다는 표현이 맞을 것이다.

의자에서 벌떡 일어선 그의 모습이 아주 작아 보인다. 그는 한참을 서성거리다가 창밖을 바라본다. 비가 그쳤다. 연구실 바로 앞의 백목련 가지에 아직도 몇 개의 황갈색 잎새가 매달려 있다. 나뭇가지에 붙어 있는 잎새가 반갑기도 하고 고맙기도 하고 미안하기도 하다.

"마지막 잎새가 떨어질 시간은 아직 남아 있구나!"

H 교수는 다시 연구실을 서성거린다. 그러나 발소리는 무슨 기쁜 일이라도 앞에 둔 듯 경쾌하다. 휘파람 소리가 낮게 들린다. 그는 기분이 좋으면 휘파람을 부는 습관이 있다.

그는 본능처럼 의자에 앉아서 빨강 색연필을 들고 답안지를 펼친다.

마음 – 소정구더기

외롭고 빛바랜 플라스틱 빗과 컵
그냥 이런 게 가족이구나
내가 집에 돌아왔구나
보글보글 치약거품이 미소짓는다^^

모정
죽음의 순간까지 필사적으로 젖을 물린 모정(母情),
이 소식을 듣고 나도 울었다.

봄소리
삐삐삐~~ 봄이 왔다고 삐삐삐~~ 햇살이 따스하다
고…

16살 우리 강아지 샘
네 몸에 덮여 있던 하얀 눈송이처럼 새하얀 눈을 같이
보자구나.

밥

"선영아! 아빠, 밥 먹지 말고 기다리시라고 해!
혹시 찬밥 꺼내 드실까 봐~

아빠의 다방커피

달콤한 중독이다.
커피잔을 쥔 아빠의 주름진 손이 행복해 보인다

서성인다

꽃바람 아래…
그리움으로 서성인다.

가난한 불빛이 아름답다

숲은 소박한 불빛들을 위로하듯 감싸안고 별들은
걱정 근심 없이 해맑게 빛날 뿐이다.

마음 – 희돈구더기

어머니

아카시아 잎이 내 머리 위에서 꽃비처럼 쏟아졌다.
어머니께서 앞치마에 담아놓았던 아카시아 잎을 나에
게 마구 뿌려대는 것이 아닌가.

호미도 날이언마는
"어머님은
냉이꽃 눈물처럼 핀 길을 따라
뒤로만 가고 계십니다."

울음을 찾아 떠난 여행
"가슴 아프지만 표내지 아니 하고
당당히 돌아서서 자기 길을 가는
스님의 뒷모습이 아름다웠습니다."

아버지
"아버지의 글소리 듬뿍 배인 돋보기"

엄마, 외상값 받으러 왔다네
"시간이 느릿느릿 산속으로 빨려들 어가는
완행열차처럼
거꾸로 흐르기 시작했다."

사랑해요, 추석
마을 앞의 고요한 저수지가 찰랑거리고, 정적을 키우
던 간이역의 잡초들도 다정하게 흔들리고 있었다.

A학점

내가 잘나 좋은 일이 생기는 게 아니라 남이 잘봐줘서
나에게 좋은 일이 생기는 것입니다. 그러므로 나에게
기쁨을 준 사람에게 꼭 감사하다는 표현을 하며 살아
가십시오. 항상 그런 마음으로 사십시오.

건망증

'내가 자연과 완전히 하나가 되는 순간, 아름다운 추
억으로 기억되겠지!'

무우꽃

"나도 모르게 지었던 죄와 업보가
내가 피어낸 꽃처럼 하늘하늘 피어올라
사라지고 있었다."

설거지

"아이들은 이 그릇에 담긴 밥을 먹고
머리가 자라고 키가 자랐다."

구더기 점프하다

사람만 먹겠다고 농사를 지으면 결국 사람만 외로워
지겠지요.

내 인생의 양념들
잘 웃고
잘 울고
잘 먹고
잘 싸고
잘 사랑하고
잘 살다
또 보자
^___^

나도 화사해지고 싶다
첫눈이 오기 전까지 봉숭아물을 남겨두려고
손톱을 아껴 깎던 기억에 피식~웃음이 난다

만원의 행복
작은 일인데도 하루종일 기분이 좋다.
만원으로 산 소담한 행복이 국화만큼이나 오래가는
것 같다.

My favorite things
화이트초콜릿으로 장식한 딸기무스케이크와 하늘색
땡땡이 숟가락
빈티지 가게에서 보물찾기한 가죽가방
재산목록 1호 카메라와 작은 사치를 부리고 싶을 때
마시는 페리에 레몬…
빨간 무당벌레가 달린 꽃귀걸이
슈에무라의 보라색클렌징 오일과 토끼인형
스각스각 커피원두 가는 소리

첫날
희망은 숨어 있는 것
내일은 오늘보다도 더 나은 첫날이기를

4월 스케치
삶을 사랑한 씨앗만이 싹을 틔우고
삶을 사랑한 싹만이 꽃을 피운다.

은행나무처럼
이렇게 낙엽이 되어서도 녀석은 참 멋지구나!

소망 – 희돈구더기

내 어린 시절의 황금빛 추억
"나는 너희들의 손바닥을 만져보면
너희들이 얼마나 살 수 있는지도 맞힐 수 있단다."

때때와 치치

"그 후로도 영규는 수시로 휘파람을 불었지만 때때는
돌아오지 않았다. 내 친구 영규도 지금까지 돌아오지 않
는다. DMZ에서 경계근무를 마치고 내무반으로 오던
중 지뢰를 밟았다고 한다."

청첩장請牒狀

운동장같이 커다란 하늘을 밤새 굴러가는 달님에게
도 이름을 곱게 써서 붙이고 싶었다.

새날

작은 것을 변화시키는 그날.
그날은 분명 새날이다.

혼서婚書

하느님의 축복 속에서 출발하는 두 아이가 살아가는
동안 한시라도 하느님과의 관계가 소홀해지지 않도록
가르치겠습니다.

사랑에 빠지지 마라

'시선을 떼지 마라 Never let her out of your sight'
'방심하지 마라 Never let your guard down'
'사랑에 빠지지 마라 Never fall in love'

시월 어느 멋진 날의 귀한 분들께

자식이라 불릴 아이들은 팝콘처럼 연이어 튀겨져 나올 것이라 생각하니 참으로 가슴이 벅찹니다.

헌혈

하느님 지금 이순간 저를 기억하지 마시고
수술대 위의 소녀를 기억하소서

기적

"친구의 토끼와 다람쥐 이야기를 듣고 나니,
기적은 물 위를 걷는 것이 아니라
땅 위를 걷는 것이란 생각이 드네."

마즈막 멘트

어떤 이유로도 감동을 놓치면 죽은 나무의 뼈만 남습니다. 우리 학회도 우리 교육도 우리 삶도 마찬가지입니다.

꽃자리

"마지막 잎새가 떨어질 시간은 아직 남아 있구나!"

- 희돈구더기 -

서울에서 KTX를 타고 읽기 시작하여

부산에 도착할 즈음이면 마지막 페이지가 넘어가는

말랑말랑한 이야기를 쓰고 싶었습니다.

불꺼진 밤 혼자 일어나 스탠드불빛을 밝히고 불면의 밤을

보내는 고독한 이의 가슴을 따뜻하게 뎁혀주는

이야기를 쓰고 싶었습니다.

내가 죽으면 내 육신과 함께 사라져 버릴,

나만이 간직하고 있는 사소한 이야기. 그러나

부치지 못하는 편지처럼 간절한 이야기를 남기고 싶었습니다.

아랫목에서 윗목으로 은근히 온기가 퍼지는

그런 책이었으면 좋겠습니다.

한 번 읽고 주위 사람에게 부담 없이 권하는

그런 책이었으면 좋겠습니다.

독자를 주눅 들게 하지 않고 꿈을 꾸게 하는

그런 책이었으면 좋겠습니다.

하찮은 것을 귀엽게 볼 수 있는 마음을 열어주는

그런 책이었으면 좋겠습니다.

- 소정구더기 -

…점프하던 구더기는 날 수 있을까?

날. 수. 있. 다.

구더기는 파리가 되면 날 수 있다.

그래서 나는 지금 파리가 되려 한다.

파리가 돼서 꽃잎 위에 앉았다가 사람 손등 위에도 앉아 보고,

똥덩어리 위에도 앉아 보련다.

이 책이 세상에 나오는 날이

아마

소정구더기가 소정파리가 되는 날이지 싶다.

공동저자인 아버지, 희돈구더기와 함께.

『구더기 점프하다』를 읽는 모든 독자분들 또한

힘찬 날갯짓을 하길 바란다.

소정파리, 날다!

special thanks to

난영, 난수, 시들지 않는 꽃, 서연마리아, 경화, 종훈, 진영, 지연, 은채, 지원, 효주

인선언니, 은하, 진주, 상명, 혜수, 아름, 다혜

영주, 영선, 진웅, 동훈쌤

윤희, 수진, 수민, 소진, 룐, 보영, 정연, 현정, 지선씨, Jee

Simon Lee, Jiro, Pao, Guy Billout

달맞이꽃, 각시붓꽃, 쫑아, 재경, 상상으로, 부폰, 한겨자, 햇살좋아, 소크라테스,

꼬탄송이, 가장낮은곳에서, 아자아자화이팅, 전직미녀, 눈꽃송이, 우탄이, 궈궈싱,

sun2500gsa, 울라울라, 사랑은 있어, 우리집고양이, qorrha, 앰비엔자,

커피소년, 애플구르, 호랑이기운!,비우고맑히기, 아갈, 몽환, 이거봐봐라, 흰돌차돌 님

우리 구더기가족_ 기숙씨, 곤, 정희, 도윤이, 샘

권소정은 권희돈의 딸이다.

권희돈은 권소정의 아버지다.

두 사람은 『구더기 점프하다』의 공동 저자다.

이철수(판화가)

소정이 아버지의 글은, 글이 그대로 마음길이다.

그 마음길은 늘 따뜻하고 사려깊고 정직하다.

사람의 마음이 본래 그렇고, 살면서 내내 그래야 하지 싶은, 아름답고 순한 권희돈의 마음결을 아는 사람들은 다 안다. 글이 사람이라고, 사는 것도 어김없이 그랬다.

소정이의 순수하고 따뜻한 그림과 글에도, 어미를 닮은 어린 새처럼, 아버지의 모습이 보인다.

뉘집 자식인지 다 알겠다. 다행이다. 고맙다.

세상에 수없이 많을 아버지와 딸 들에게 『구더기 점프하다』를 함께 읽으시라고 권한다.

'다정한 권씨 부녀'를 보고 질투와 선망을 느끼는 사람들이 있겠지?

그러면 깨소금 맛이겠다.

새롭게 발견한 일상, 그 고운 무늬

임승빈(시인·청주대 교수)

시간은 눈에 보이지 않는다. 그냥 우리 곁을 흘러갈 뿐이다. 그냥 이런 게 사는 것이거니 하는 무심한 마음의 눈에는 아무 새로울 것도 없는 게 시간이다.

그러나 그렇게 아무렇지도 않을 것 같은 우리의 주변을 유심히 들여다보고, 거기에서 어떤 의미를 생각하는 사람은, 눈에 보이지 않는 시간의 결마다 아름다운 무늬를 새겨 넣을 수 있는 것이다.

아버지와 딸이 만났다. 부녀지간이긴 하지만, 어쩔 수 없는 차이 때문에 많은 상처를 주기도 했던 두 사람이 각자의 눈으로 보고 생각한 것을 엿보듯 서로 들여다보다가 그 차이의 소중함과 아름다움을 새롭게 발견하고 있는 것이다.

기성세대인 아버지 권희돈구더기의 전통성에 기초한 깊은 사유와 통찰, 그리고 한없이 따뜻하기만 한 눈길이 만든 무늬와, 딸 권소정구더기의 신세대로서의 반짝이는 생각, 그러나 평범한 일상에 대한 너무도 섬세한 마음이 빚은 무늬가 한데 어우러져 전혀 새로운 감동을 낳는다. 권소정구더기의 예쁜 삽화와 다채로운 누리꾼들의 생각이 또 무성한 생각의 숲을 이룬다.

외롭고 빛바랜 플라스틱 빗과 컵에서도 권소정구더기는 가족이 얼마나 소중한가를 느끼고, 이사를 하다가 옛날 잡지 속에 끼어있는 누이의 편지를 발견하고 권희돈구더기 또한 애틋한 가족애에 가슴 저민다. 가족의 소중함과 가족과 함께 하는 일상이 얼마나 아름다운 것인가를 구체적으로 보여준다.

　이 두 사람에게 시간은 그냥 흘러가지 않는다. 아니 시간을 그냥 흘러가게 내버려두지 않는다. 어떻게든 손아귀로 부여잡고 아름다운 의미의 무늬들을 새겨 넣는다. 더구나 그 서로 다른 무늬가 어우러져 빚는 아름다운 빛깔로 우리들의 가슴에 다시 새로운 감동의 물결을 일으킨다.

책 안의 두 사람에게 아카시아 잎을 보냅니다

민경욱((KBS 9시 뉴스 앵커)

살처분 당하는 어미소의 아기소에 대한 마지막 사랑을 그린 한 장
의 삽화가 이 모든 것의 시작이었다. 난 그 그림을 그린 작가와 페이
스북을 통해 짧은 이야기를 나눴고, 그 젊은 여성 작가는 자신이 만
들 책의 추천사를 써줄 수 있느냐고 부탁을 해왔다. 나의 핸드폰 전
화번호를 적지 않아 방송국까지 왔던 책이 한 번 반송되는 우여곡절
끝에 내 손에 쥐어진 이 책. 나는 추천사를 부탁하는 출판사의 전화
에 "책을 읽어보고 판단하겠다"는 매우 적절하면서도 균형잡힌 답을
했었다. 아니, 적어도 그렇게 생각했다, 이 책을 끝까지 읽기 전까지
는… 그게 얼마나 건방진 말이였던가!

그림을 배우기 위해 바다를 건너 긴 공부를 마치고 돌아온 딸과
아름답고 가슴에 착 와 닿는 글을 쓰면서 그 방법을 후학에 가르치
는 일을 천직으로 아시는 아버지가 꾸민 이 책을 나는 9시 뉴스를 전
후로 몇 시간에 걸쳐 단숨에 읽어내려 갔다. 주위 사물에 대한 호기
심이 펄떡이는 화가와 이 세상의 만물을 깊은 관조의 눈으로 지극히
바라보시는 노교수… 그 부녀가 마침내 출판하게 된 이 책을 읽게
된 건 행운이었다. 40대 중반의 스님, 그 스님을 6년 만에 만나고 가

는 속세의 어머니, 그 어머니를 사천왕문까지 배웅하지 못하고 대웅전 앞에서 보내드린 아들… 사무치는 서운함에도 표내지 않고 당당히 돌아서서 자기 길을 가는 '스님'의 뒷모습이 아름다웠다고 말하는 그 어머니의 편지… 그 기막힌 글을 읽으면서 봄에서 여름으로 가는 발길을 서두르는 이 밤에, 나는 사무치도록 서러운 맘이 동감이 돼 몇 방울 눈물을 흘렸단 고백을 해야겠다. 아들이 장학금을 타왔다는 소리에 밭에서 호미질을 하던 저자의 어머니께서 아무 말 없이 아카시아 잎을 앞치마에 잔뜩 따시다가, 그토록 무심한가 하며 발길을 돌리던 어린 아들의 머리 위로 한없이 뿌리셨다. 그 어머니의 자랑스러운 아들에 대한 수줍고 꾸밈없는 축하 의식의 의미는 독립기념일 미국 전역에서 쏘아 올리는 화려한 불꽃놀이의 억겁배에 억겁배를 곱해야 한다. 이 멋진 책의 탄생을 온몸으로 축하한다. 결혼과 상사 같은 집안의 대소사를 치를 때 반드시 필요한 여러 양식의 글에 대한 전범을 접해볼 수 있는 것, 그리고 마치 소도구처럼 책의 여기저기 구석마다 흩뿌려진 딸의 예쁜 그림들을 만나는 건 이 책을 읽는 또 다른 기쁨이나.

구더기 점프하다

© 권소정·권희돈, 2014

2판 1쇄 인쇄__2014년 01월 20일
2판 1쇄 발행__2014년 01월 30일

지은이__권소정·권희돈
펴낸이__양정섭

펴낸곳__작가와비평
　　　　등　록__제2010-000013호
　　　　블로그__http://wekorea.tistory.com
　　　　이메일__wekorea@paran.com

공급처__(주)글로벌콘텐츠출판그룹
　　　　대　표__홍정표
　　　　편　집__노경민 최민지 김현열 **디자인**__김미미 **기획·마케팅**__이용기 **경영지원**__안선영
　　　　주　소__서울특별시 강동구 천중로 196 정일빌딩 401호
　　　　전　화__02-488-3280 팩　스__02-488-3281
　　　　홈페이지__www.gcbook.co.kr

값　11,800원
ISBN 979-11-5592-104-3 03810

𝒟